郑伟平诗集

郑伟平 著

上海远东出版社

图书在版编目(CIP)数据

郑伟平诗集/郑伟平著.—上海:上海远东出版社,2018
ISBN 978-7-5476-1425-9

Ⅰ.①郑… Ⅱ.①郑… Ⅲ.①诗集-中国-当代
Ⅳ.①I227

中国版本图书馆 CIP 数据核字(2018)第 242682 号

策　　划	黄政一
责任编辑	徐婧华
封面设计	张晶灵
人像摄影	姚明强
风景摄影	吕淮
封面题签	郑伟平

郑伟平诗集

郑伟平　著

出　　版	上海远东出版社
	(200235　中国上海市钦州南路 81 号)
发　　行	上海人民出版社发行中心
印　　刷	上海信老印刷厂
开　　本	890×1240　1/32
印　　张	6
插　　页	2
字　　数	105,000
版　　次	2018 年 11 月第 1 版
印　　次	2018 年 11 月第 1 次印刷
ISBN 978-7-5476-1425-9/I·338
定　　价	48.00 元

目录

卷首语 _ 1

2018 年

诗言词语 _ 3

1990 年之前

无题(我想拥抱大海)_ 71
但愿 _ 72
致情人 _ 73
无题(血为什么欢快地流去)_ 74

1991 年至 2000 年

旅人的话 _ 77

无题（人生飘飞任西东）_ 87

题任伯年画 _ 88

游七星岩 _ 89

无题（我和我的青春告别）_ 90

无题（登高望远意无穷）_ 91

书签组合 _ 92

东坡文踪 _ 96

2001 年至 2010 年

致刘一闻 _ 99

无题（寂寞的日子你慢些走）_ 100

无题（当你只身独行的时候）_ 101

中年感怀 _ 102

思想的种子 _ 103

汝门 _ 104

欢点 _ 105

无题（青山高巍峨）_ 106

无题（风微醉）_ 107

书贺《篆隶舫》_ 108

无题（我走在）_ 109

春雨 _ 110

无题（天下奇花斗艳红）_ 111

无题（是什么拨动了你的心弦）_ 112

小暑夕照 _ 113

无题（有果先而因后）_ 114

致友人 _ 115

无题（人往远处走）_ 116

腊雪即景 _ 117

如梦令·雪 _ 118

浣溪沙·遥望山中景致奇 _ 119

致老友 _ 120

赠陆振权 _ 121

夏游枫泾 _ 122

2011年至2018年

咏梅 _ 125

普陀山 _ 126

游普陀山——下山时观景有感 _ 127

品诗 _ 131

远望东林寺 _ 132

无题（世上多清凉）_ 133

题杜甫诗 _ 134

滴水湖 _ 135

游锦溪 _ 137

文稿纸赞 _ 139

写给年轻朋友们 _ 142

春赏花木 _ 143

卜算子·淀山湖 _ 144

六十感怀 _ 145

春柳 _ 146

咏菊 _ 147

游松江观景有感 _ 148

无题（大江日夜向东流）_ 149

望江南·致李沪 _ 150

赠顾振宇 _ 151

缅怀贾植芳先生 _ 152

致钱涛 _ 153

书贺 _ 154

无题（奇梦总是夜半来）_ 155

致姜汉椿 _ 156

无题（金鸡迎冬去）_ 157

忆王孙（鸣叫欢声新叶摇）_ 158

诗绪 _ 159

七月 _ 169

后记 _ 170

卷首语

诗是生活,生活是诗;
诗非生活,生活非诗。

诗是生活,生活是诗。

工人舞锤、农民施犁、士兵整装、学子奋笔、医生接诊、乐师弹琴,行业林林总总,内容纷纷繁繁。生活有诗意,诗意有生活。

诗,是人类劳动的产物。人们辛勤劳动,收获劳动的体验。体验愈深,感受愈深;感受愈深,感悟愈深;感悟愈深,思想愈深。思想的种子由此萌发,根植在生活的土壤里。

诗,是人类语言的精华。灵感飘忽,不期而至;隽语隐显,有神无形。或电闪雷鸣,惊天震地;或骨鲠在喉,一吐为快;或胎动腹鼓,待日分娩;或疼痛阵阵,数行绵绵;或不知所措,中夜奇思;或清泉绕石,细流成涓。情状可逾千万,难尽一一。

诗,是人类智慧的传递。中华民族,历史悠久。先民起兴,万物辉亮。或以诗言志,或以歌抒情。或记之以笔录,或吟之以诵声。生活出智慧,处世入哲理。濯古而用在当下,创新且寄于未来。好诗穿过时空,超越国界;佳句往返今昔,传递永恒。

登楼有感。一楼有一楼的景观,一楼有一楼的对话;二楼有二楼的景观,二楼有二楼的对话;三楼有三楼的景观,三楼有三楼的对话。更上层楼,对话有别。登高见奇,覃思出新。所处楼层不同,气象迥然不同。未登楼,不可知;既登楼,或可知;再登楼,有可知。如无些许经历,很难体会。

望月有怀。家庭是小单位,单位是大家庭;单位是小社会,社会是大家庭;社会是小世界,世界是大社会;世界是小宇宙,宇宙是大世界。此时,此刻,此景;斯地,斯人,斯物。清辉漫笼,夜静暗寂;旷野无垠,时光深流。

习静有得。李太白畅游:月下飞天镜,云生结海楼。杜子美望岳:会当凌绝顶,一览众山小。白乐天临川:日出江花红胜火,春来江水绿如蓝。苏东坡遐想:起舞弄清影,何似在人间。太白写天上,子美写山上,乐天写水上,东坡写心上。凡此种种,之所以能各尽其妙,在诗与词。

诗非生活,生活非诗。

我们生活在多维世界,至大无外、至小无内的时空中,还有无数领域,正等待我们去探索,去发现,去研究,去运用。负重并前行,人生如斯。

诗是生活,生活是诗。

……

郑伟平

2018 年夏

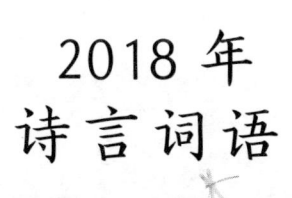

2018年
诗言词语

诗言词语

第一章

一

三百六十行,行行出状元。

三百六十行,行行有学问。

二

诗是生活,生活是诗。

诗是学问,学问是诗。

三

做学问要经历四个过程:

第一个过程:浅入浅出;

第二个过程:浅入深出;

第三个过程:深入深出;

第四个过程：深入浅出。

四

这四个过程依次递进，相互渗透。

尚未达到第四个过程，难以理解前三个过程；尚未达到第三个过程，难以理解第四个过程；尚未达到第二个过程，难以理解其他过程。

五

虽有童子，未经世染，作诗仿佛处于第一个过程，又极像已至第四个过程，但只是单篇独首而已。作诗尚有其现象，填词绝不会如此。诗可尽兴而吟，词却依韵而就，情境迥然不同。

六

静而得其天趣，动而失其天真。心如止水，渊如明镜。烛照自然风景，返观自我心境。境由心生，景由情造。写诗填词，莫不例外。

七

心浮而神不能凝,虑多而志不能专;气盛而言不能平,体弱而语不能精;才浅而境不能深,识寡而意不能远;理亏而辞不能工,趣少而味不能鲜。

八

诗歌源自先秦,历汉魏晋以后,而盛于唐。

九

虞世南为唐诗开篇定音:"居高声自远。"

一〇

骆宾王为唐诗开篇定格:"鹅鹅鹅,曲项向天歌,白毛浮绿水,红掌拨清波。"七岁未经俗染,成诵天赋造就。此为治学第一个过程。

一一

王勃为唐诗开篇定情:"海内存知己,天涯若比邻。"有情、有义、有趣,入诗、入画、入味;至外而内,由里及表;小天地而大知己,微山川以壮情思。胸臆直抒,萦怀感念。

一二

贺知章为唐诗开篇定人：惊呼李白为"谪仙"。

一三

张九龄为唐诗开篇定位："海上生明月，天涯共此时。"

一四

孟浩然为唐诗开篇定点："绿树林边合，青山郭外斜。"

一五

李白年少时，曾有故事铁杵磨成针。后人有记载，曾登诗白读书楼。赵翼《瓯北诗话》以为：李白作诗"不屑屑于雕章琢句，亦不劳劳于镂心刻骨"。其实并非如此。李白作《古风五十九首》，温润内敛，纡徐和缓。其早期诗风大雅正声，并非特立独行。

一六

读万卷书，行万里路。天生我材必有用，一生好入名山游。剑阁峥嵘而崔嵬，一夫当关，万夫莫开。蜀道之难难于上青天，使人听此凋朱颜。其险也如此，嗟尔远道之人，胡为乎来哉！李白一首《蜀道难》，青天白日上云霄。

一七

李白作《蜀道难》，已人到中年。此诗异于其以往诗歌，独领风骚。耳闻之不如目见之，目见之不如足践之，足践之不如手辨之。格律也罢，境界也罢，斟字也罢，酌句也罢，如无充实生活和鲜活内容，一切皆为虚幻。

一八

树叶可以嫩绿、可以青绿，可以碧绿、可以墨绿，可以淡绿、可以深绿。颜色丰富，不一而足。体察万花之舒卷，身感千草之开张。见则记之，录则思之，作则歌之，诵则出之。此为治学第二个过程——浅入深出。

一九

白鱼有跃水之兴，黄鸟有啄食之趣，蟋蟀有振羽之欢，鹰隼有展翅之乐。静物变化，难见其姿态伸展，仿佛毫无变化，然变化却在其中。动物面世，或动或静，生机勃勃，皆可观之。山如静物，默默无声；水如动物，开合自如。能状写如此景象、无限生机，且又变化无穷。此为治学第三个过程——深入深出。

二〇

静物、动物、人物,三物之中,人物最难写。人心深邃,或隐或显,验之无果,察之不觉。以人为本,挥就篇章。讴人性之美好,歌山川之灵妙,弘日月之瑰伟,扬古今之奇丽。人人心中可有,人人笔下却无;呼之欲出,琅琅上口;老少皆宜,喜闻乐见。此为治学第四个过程——深入浅出。

二一

人有一失,必有一得。游子思乡,羁旅感怀;白日情愫,夜晚愁眠。李白诗《静夜思》,寥寥二十个字:"床前明月光,疑是地上霜。举头望明月,低头思故乡。"行行抒情,句句记事;浅显易懂,晓畅通达;深入浅出,不言而喻;韵味呈鲜,一任自然。

二二

峰高而无云者,难以雄伟;浪高而无风者,难以壮阔;树高而无枝者,难以峥嵘;技高而无乐者,难以卓越;行高而无谦者,难以同处;德高而无施者,难以久长。

二三

《将进酒》,李白个性快意之作。一扫愁绪"欲渡黄河冰塞川,将登太行雪满山""抽刀断水水更流,举杯销愁愁更愁。人生在世不称意,明朝散发弄扁舟"。

二四

李白《赠汪伦》,情真。诗贵真。真贵深而不贵浅,贵浓而不贵淡,贵近而不贵远,贵平而不贵奇。亲近可人。

写诗,贵于想象。夸张实为以想象作基础。比如李白诗句:"桃花潭水深千尺""飞流直下三千尺",均以夸张手法写诗。想象,天鹅展翅于碧潭之上,腾跃而起,翩然飘飞;云霓明灭,灵动奇幻。李白《渡荆门送别》诗句:"月下飞天镜,云生结海楼",想象瑰丽,天地寥廓;江河奔流,思载夜月。

二五

诗盛于唐,唐初已见端倪。然物之初始,未经熏染,所以贵为卿相,纷纷吟诵。或赏景记游,或访友记趣,或雅谈记情,或饮酒记兴。仿佛不知不觉,但已开风气之先。

二六

张若虚、王之涣、张旭,各位所流传之诗作,均不满十首,甚至更少,而诗有光彩。其自信满满,跃然纸上。

王之涣诗《登鹳雀楼》:"白日依山尽,黄河入海流。欲穷千里目,更上一层楼。"其又一首《凉州词》:"黄河远上白云间,一片孤城万仞山。羌笛何须怨杨柳,春风不度玉门关。"两首诗皆好,第一首更好。言简意赅,独上高楼;气象茫远,俯临万千。

二七

入门、入行、入味、入品。诗贵工而词贵放。李白诗放,一展歌喉,淋漓尽致。

二八

诗工,词语沉缓;诗放,节奏明快。亦有工而兼放者,可惜个性不会太鲜明,只能依靠其他胜出。诗工,不只是形式,更注重内容。是内容决定形式,并非形式决定内容。诗放,以气胜出,气壮山河却能凝而固之,决非易事。

二九

李白诗《把酒问月》，十六句，诗中七句带"月"字。"青天有月来几时""人攀明月不可得""月行却与人相随""今人不见古时月，今月曾经照古人""共看明月皆如此""月光长照金樽里"，此诗咏月，固然"月"多。

李白诗中，比比皆"月"。单诗句末用"月"字，不胜枚举。如"王侯象星月""小时不识月""玲珑望秋月""长安一片月""长留一片月""举手可近月""客散青天月""登舟望秋月""举杯邀明月""又闻子规啼夜月""莫使金樽空对月""三杯拂剑舞秋月""荒城虚照碧山月""白露垂珠滴秋月""我寄愁心与明月""欲上青天揽明月""秦娥梦断秦楼月"，还不多乎？

"屈平词赋悬日月"，出自李白诗《江上吟》。李白诗，咏月而颂日。举例咏日诗句为证："当君怀旧日""春风余几日""半壁见海日""醉别复几日""池花映春日""青山欲衔半边日""总为浮云能蔽日"，可见"日"字也多。

李白深知"百年三万六千日"，所以仗剑远游。大自然中景物风光，尤其是日、月，李白诗中反复吟咏；但咏月多于咏日，赏月之钟情爱意，难以言表。

三〇

杜甫诗工，忧国忧民。《三吏》《三别》之外，还有《春望》。

杜诗精工,集珠成串,盈箱不已。

杜甫贫穷困顿,出语新奇;浸润长久,人化天工。

杜甫诗《三吏》中,《石壕吏》中一联诗句,最为痛彻:"存者且偷生,死者长已矣!"没有亲身经历,难以写出来;若有亲身经历,难以写出来。杜甫记史实,主流沉其雄;不张而张,张而不张;刀刀见血,行行含泪。

三一

杜甫《有客》诗句:"岂有文章惊海内,漫劳车马驻江干。"诗人自题小像,风神犹在。

杜甫《春夜喜雨》:"好雨知时节,当春乃发生。随风潜入夜,润物细无声。野径云俱黑,江船火独明。晓看红湿处,花重锦官城。"最轻柔、最细切、最温存,杜甫诗中,独独此篇。春雨富态,朝花妍姿;夜雨暗降,厚土滋养;泽被旷野,甘霖万物。质轻且柔,状如丝缕,细若纤毫,止声有无。

大凡历代圣手写诗,咏物寓情,不计工拙,无论平仄,又何况押韵!

三二

李杜以后,唐诗韵味有致,意趣相对集中,一如无形轨道,交通上下,纵横左右。白居易奋蹄力追,生意独出。

三三

待有好梦请一笑,不与人言重与轻。

白居易诗清清浅浅,寄至理于平淡之中。

"野火烧不尽,春风吹又生",真可谓少年老成范式,家喻户晓。

三四

白居易《效陶潜体诗十六首》,开篇四句:"不动者厚地,不息者高天,无穷者日月,长在者山川",句式与后面应和诗差异极大,似不在说理,却哲理犹存。

白居易诗《长恨歌》:"回眸一笑百媚生,六宫粉黛无颜色""侍儿扶起娇无力,始是新承恩泽时""后宫佳丽三千人,三千宠爱在一身""上穷碧落下黄泉,两处茫茫皆不见。忽闻海上有仙山,山在虚无缥缈间""玉容寂寞泪阑干,梨花一枝春带雨",长年四处漂泊,难有此种感觉;终日温柔乡里,不会洗涤铅华。

此景,非饥不果腹者所能写;

此情,非饱食终日者所能宣;

此意,非感同身受者所能造;

此境,非借事咏志者所能言。

三五

文人相亲,历来珍贵。元稹与白居易才华出众,情深日久,很是难得。政见相同、爱好相仿、感情相投,互为知音又能终其一生,实在难得。

三六

元白起步相当,白居易《长恨歌》《琵琶行》写就,元诗逊色甚多。所甚多者,在于视野。但元稹悼亡诗句,情深意长,别具风采。"顾我无衣搜荩箧,泥他沽酒拔金钗。野蔬充膳甘长藿,落叶添薪仰古槐""曾经沧海难为水,除却巫山不是云""惟将终夜长开眼,一报平生未展眉",前四句写贤妻意态,后四句写悲夫情怀。针尖有刺骨之寒,水滴有穿石之功。

三七

白居易作诗,深入浅出,意识主动,收获良多。《长恨歌》写大事,大事广天下,人人皆知。取材通俗易懂,诗歌事半功倍。《琵琶行》写小事,小事细致入微,洞悉人心。两首诗皆写女子,但身份悬殊,天壤有别。白居易深谙侯门,知晓花草,经年累月,以就懿德。

三八

　　感人心者，莫先乎情，莫深乎情，莫贵乎情。"文章合为时而著，歌诗合为事而作。"白居易幽栖浔阳江畔，寒夜长信一封《与元九书》，提出诗歌理论，畅叙身世感怀，同元稹共夜遥思，两地情牵，一并欢爱，只在心间。

　　元稹五十三岁去世。白居易长其七岁，为其作祭文一、祭诗二，深切缅怀，以尽文人之谊。

三九

　　唐代诗人流派多多，边塞派诗人成就显著。诗人中，高适、岑参均有佳作，而高适光彩更多。

四〇

　　李白和杜甫，君子之交；韩愈和柳宗元，患难之交；白居易和元稹，生死之交。李阳冰对李白而言，刘禹锡对柳宗元而言，还有托负之交。一代楷模，百世典范；千载之下，传为美谈。

　　刘禹锡与柳宗元，年龄相仿、遭遇相似，然心情迥然不同。柳宗元历经磨难，作诗《江雪》："千山鸟飞绝，万径人踪灭。孤舟蓑笠翁，独钓寒江雪。"孤峭一人，悲情万种；雪鼓千山，寒气刺骨。柳宗元写山水咏物诗，也是如此。如《界围岩水帘》《再上湘江》《登柳州峨山》《岭南江行》《新植海石榴》《早梅》《红蕉》《苦竹桥》《白杨花》篇，心情依旧忧伤，须臾不离悲苦。可以说，柳宗元山水诗中，很难找到一首乐观开怀之作。

"自古逢秋悲寂寥，我言秋日胜春朝"，是刘禹锡三十四岁之作，迈过人生第一道坎。"沉舟侧畔千帆过，病树前头万木春"，是刘禹锡五十五岁之作，迈过人生第二道坎。"种桃道士归何处，前度刘郎今又来"，是刘禹锡五十七岁之作，迈过人生第三道坎。

柳宗元郁结不解，英年早逝。临终前，他请老友刘禹锡为其编就诗文。刘禹锡不负重托，费时二十余年，编就《柳河东全集》，并作《河东先生集序》，使柳宗元诗文传诸后世，光华千秋。

柳宗元去世后，留下两儿两女。刘禹锡、韩愈代为抚养。大儿子周六，由刘禹锡抚养，刘视为己出，悉心教导。若干年后，周六进士及第，荣登仕途。刘禹锡光前裕后，使柳宗元子嗣得以延续，诗文得以传颂，老友情深，天长地久。柳宗元逝世四十七岁，刘禹锡谢世七十四岁。心境不同，享年有别。士穷乃见节义，心宽乃见福寿。

书乃文人至宝，喜而读之，读而思之，思而用之。刘禹锡所读之书，少于柳宗元；刘禹锡活用之书，多于柳宗元。人生之长短荣辱,往往与此有关。

四一

　　李白和杜甫,双峰高峨。白居易奇出特异,又见高峰。三峰耸峙,峰峰独立;三水奔腾,水水相连。亦如潭镜,毕照青峰。

四二

　　李杜诗上溯以往,自有出处。白诗本意不求高古,旨在濯古来新。化古制而为当下所用,不求"深入深出",着意"深入浅出"。

四三

　　风骚相通,雅颂相近。

　　不信书不如有书,尽信书不如无书。

　　见他人所未能见,思他人所未能思;写他人所未能写,启他人所未能启;智他人所未能智,益他人所未能益。

四四

　　李杜诗渊源有自,风规自远。白居易诗本意不求高古,而高古自有。作诗能让老妪会意；化古韵而浅近,寓新意于未来。通俗易懂,明白晓畅,所以能垂范后世,广受众爱。

四五

孟郊诗《游子吟》:"慈母手中线,游子身上衣。临行密密缝,意恐迟迟归。谁言寸草心,报得三春晖。"诗句饱含亲情,语带三春;深入浅出,还暖回热。

贾岛诗《访隐者不遇》:"松下问童子,言师采药去。只在此山中,云深不知处。"

苏轼评孟郊、贾岛诗,以为"郊寒岛瘦"。然贾岛诗《访隐者不遇》却是例外。诗仅二十字,有问亦有答。树高童稚小,山深人成瑞。言情则情在意外,言景则景在意外,言人则人在意外,言味则味在意外。孟郊诗《游子吟》也是例外。高洁丰满,爱意融融;慈母余温常在,绵绵游子情怀。

四六

写诗是否需要再三修改、反复推敲?如果思绪尚未成熟,如切如磋、如琢如磨,虽百十来遍,毫不为过。而成竹在胸、蓄藏已久、千呼万唤、一吐而后快之,再改,犹如鲜果染霜、蔬菜添冰,毫无意义。介乎于两者之间者有:或可改或可不改,须经反复思考,再三斟酌,然后定夺。

四七

诗句巧夺天工,并非全靠修改所致。日有所思,夜有所梦。孕腹于无意之时,躁动于忘我之间;一吐而后快,一快而后冲,一冲而后涌,一涌而后出;看似毫不费力,实际用力深巨,只是在不知不觉之中。

四八

唐诗怀古咏史,屡见不鲜。或触景生情,有感而发;或幽思成行,有志而述。王维《息夫人》、杜甫《蜀相》、刘禹锡《西塞山怀古》、柳宗元《登柳州城楼寄漳、汀、封、连四州刺史》、李贺《秦王饮酒》、杜牧《江南春》《赤壁》篇,诗作上乘。王维诗中如无《息夫人》,略有稍逊;杜甫诗中如无《蜀相》,减色不少。刘禹锡诗"人世几回伤往事,山形依旧枕寒流"(《西塞山怀古》)、柳宗元诗"岭树重遮千里目,江流曲似九回肠"(《登柳州城楼寄漳、汀、封、连四州刺史》),寄情于诗歌之中、山野之外,寓意颇丰,视野独到。

诗歌咏史,富在有古,令人识之;诗歌怀人,贵在含蓄,令人赞之。通古今而有新意,叙往来而不逾矩。分寸掌握之中,自有春夏秋冬;字句品赏之外,岂无酸甜苦辣。王维咏史诗《息夫人》,便是一例:"莫以今时宠,能忘旧日恩。看花满眼泪,不共楚王言。"

四九

　　唐诗赠友送别，比比皆是。王勃、王昌龄、王维、李白、高适、刘长卿、岑参、薛涛、杜牧等，佳作迭出。王勃《送杜少府之任蜀州》，句句沉着，字字简练。"与君离别意，同是宦游人""无为在歧路，儿女共沾巾"，老成姿态，人情练达；长者之风，如在眼前。王昌龄《芙蓉楼送辛渐》，诗句"一片冰心在玉壶"，力压全阵。李白《送友人》，佳品；《黄鹤楼送孟浩然之广陵》，上品；《赠汪伦》，上上品！临别赠诗，直抒胸臆，瀑布奔流，无比壮美。岑参《白雪歌送武判官归京》，景色雄奇："忽如一夜春风来，千树万树梨花开。""瀚海阑干百丈冰，愁云惨淡万里凝。""纷纷暮雪下辕门，风掣红旗冻不翻。"岑参如无此诗，颜色不显。杜牧《赠别二首》，一首胜于一首："娉娉袅袅十三余，豆蔻梢头二月初。""蜡烛有心还惜别，替人垂泪到天明。"杜牧如无此诗，才思不奇。

　　薛涛十七岁作诗《谒巫山庙》，风姿初展，深得韦皋抬爱，一举成名。其诗为："乱猿啼处访高唐，路入烟霞草木香。山色未能忘宋玉，水声犹是哭襄王。朝朝夜夜阳台下，为雨为云楚国亡。惆怅庙前多少柳，春来空斗画眉长。"红芳艳遇，恋情恒长。薛涛传奇一生，终不忘韦皋之厚爱；尽管其中有曲折，不过是池上轻风而已。心中之静影沉璧，已为岁月所深埋；人间之美好情愫，已为时光而包裹。

杜牧年近四十,写下《遣怀》:"落魄江南载酒行,楚腰肠断掌中轻。十年一觉扬州梦,赢得青楼薄倖名。"多年生活颓唐,宝贵时光流失,伤心人事感慨,无奈倖名幽情。此为自省诗,唐诗中极为少见。

五〇

诵诗如两情相悦、恋人相处;身临其境,如无心动迷人、心旌摇曳之状,虽千言万语,却还是隔靴搔痒,不中要害。

五一

李商隐诗,不乏朦胧。主观追求、客观遭遇,形成其独特诗风。"身无彩凤双飞翼,心有灵犀一点通""春蚕到死丝方尽,蜡烛成灰泪始干""天意怜幽草,人间重晚晴",句句清晰,联联相映,字字独白,语语相亲。李商隐诗中,这类诗句尤其珍贵。

历代文人,尤其是诗人、包括词人,写诗或填词吟颂前贤者,并不多;吟颂前贤文人,则更少。汉代文学家贾谊,以散文见长;散文中,以政论见长。洋洋洒洒,师承有绪。

李商隐诗《贾生》,哀怜贾谊:"宣室求贤访逐臣,贾生才调更无伦。可怜夜半虚前席,不问苍生问鬼神!"但凡能引起诗人哀怜或点赞,总有某种感情共鸣。李商隐对贾谊深情厚谊，也是如此。

五二

唐代诗人多，流派多。有些诗人，作品很是罕见，如殷尧藩诗作，清浅明白，颇有功底。可叹不见其如白居易，僻栖浔阳，寒夜孤灯，呵冻写信，与元稹畅谈其诗歌创作主张，标举写诗方向，明确写诗主旨，旗帜鲜明，成就所以斐然。如此这般，殷尧藩做不到，唐代无数诗人做不到。

白居易有诗赠殷尧藩，如《别杨颖士卢克柔殷尧藩》。殷尧藩诗《端午日》，是其代表作："少年佳节倍多情，老去谁知感慨生；不效艾符趋习俗，但祈蒲酒话升平。鬓丝日日添白头，榴锦年年照眼明；千载贤愚同瞬息，几人湮没几垂名。"殷尧藩诗《潭州独步》，是其典型诗风："鹤发垂肩懒著巾，晚凉独步楚江滨。一帆暝色鸥边雨，数尺筇枝物外身。习巧未逢医拙手，闻歌先识采莲人。笑看斥鷃飞翔去，乐处蓬莱便有春。"可惜与白居易交情，殷尧藩不如元稹，如此亲密无间。可见交友不易，交至友更不易。

殷尧藩诗《同州端午》《端午日》，应时令节气而作、《端午日》中，"千载贤愚同瞬息，几人湮没几垂名"，滋味浊杂。而《郊行逢社日》也是这类诗，"酒熟送迎便，村村庆有年。妻孥亲稼穑，老稚效渔畋。红树青林外，黄芦白鸟边。稔看风景美，宁不羡归田"。滋味清畅。

诗的滋味，有清有浊。其"清"在于情，其"浊"在于情。"清"之情，在于热烈、欢畅；"浊"之情，在于沉郁、悲悯。其清或其浊，既有人生意志之坚柔，又有人生境遇之顺逆，一言难尽！交情有清浊之分：物以类聚，如斯而已。

五三

唐诗开篇，起点高迈。李白之后，杜甫、白居易能与之雁行同飞。杜甫诗工，记录时代风云，且有创作主张。行动已就，理论继之；以诗论诗，有诗为证《戏为六绝句》。白居易悟透实践，深入浅出；以信论诗，洋洋洒洒。一篇《与元九书》，足矣！

杜甫诗《戏为六绝句》，主旨是："不薄今人爱古人，清词丽句必为邻。"

五四

唐僧寒山，居浙江天台山中翠屏山。翠屏山又称寒山，故名"寒山"。拾得幼孤，天台山国清寺丰干和尚在路旁拾得，故名"拾得"。拾得年长，为寺中伙夫。寒山拾得友善，均能诗。

寒山诗《国以》："国以人为本，犹如树因地。地厚树扶疏,地薄树憔悴。"拾得诗《从来》:"从来是拾得,不是偶然称。别无亲眷属,寒山是我兄。"两人心相似,以人为本;一山同树枝,僧也如此。

僧不俗而灵气生,人不俗而仙气生;

世不俗而祥气生,风不俗而瑞气生。

诗以言志,春风风人;诗以言情,春雨雨人;诗以言春,春诗诗人。

第二章

五五

远古时,先民造字。八万余字,非一人一时之功,而能完成。相传仓颉造字,功不可没。汉字以象形为主,单个字且有音、形、义,记事录诗,极为方便。

五六

诗者,言之余;词者,诗之余;曲者,词之余;戏者,曲之余。

五七

《诗经》大致起于西周至春秋中期,历时五百余年,初名《诗》《诗三百》,至汉代被尊为《诗经》。《诗经》分为《风》《雅》《颂》。《风》有十五《国风》,《雅》有《大雅》《小雅》,《颂》有《周颂》《鲁颂》《商颂》。

《诗经》内容有"风""雅""颂",表现手法有"兴""比""赋",合为"诗之六义"。

五八

"诗之六义",既相互渗透,又相对独立。"风""雅""颂"分别代表各地音调,但各地音调同中有异;"风""雅""颂"分别代表"风土之音"(风)、"朝廷之音(雅)、宗庙之音"(颂)。内容迥异,身份悬殊,思想起伏,情感对立。涵盖社会各阶层:上至王公贵胄(统治阶级),下至黎元百姓(被统治阶级)。诗歌雅俗共赏,合为一卷,古今罕见。

五九

"'死生契阔',与子成说。执子之手,与子偕老"(《诗经·邶风·击鼓》)。卫国士兵激情满怀,夫妻恩爱天长地久。文字真切,表达动人;毫无修饰,独白爽快。是军人作风,开门见山;乃丈夫气派,直奔主题。

六〇

《诗经》多爱情,《卫风》爱情多。男欢女爱,燕燕于飞。

《卫风》中,惟《氓》异彩幽香。叙事裹挟抒情,携带议论。四言六十句,尽诉弃妇伤心往事。"夙兴夜寐,靡有朝矣""静言思之,躬自悼矣""反是不思,亦已焉哉"。

《卫风》中,惟《木瓜》三五成行,句式整齐;投木报玉,投桃报李;卿卿我我,互赠礼品。

《卫风》中,惟《河广》四言八行,结构奇瑰。良妇思乡,黄河低回;小船可渡,念想心随;踮足企盼,竟不能归;起句设问,天意顾谁?

《卫风》中,惟《硕人》最美:"手如柔荑,肤如凝脂。领如蝤蛴,齿如瓠犀。螓首蛾眉,巧笑倩兮,美目盼兮。"千载之下,必有佳音。

六一

《诗经》中,《郑风》二十一篇,其中四篇与言情诗无关;其余十七篇,或悲或喜、或直接或间接,反映恋爱主题。但看:《缁衣》《将仲子》《遵大路》《女曰鸡鸣》《有女同车》《山有扶苏》《萚兮》《狡童》《褰裳》《丰》《东门之墠》《风雨》《子衿》《扬之水》《出其东门》《野有蔓草》《溱洧》。

《风雨》感情明朗:"风雨如晦,鸡鸣不已。既见君子,云胡不喜!"《野有蔓草》私幽开放:"邂逅相遇,适我愿兮。""邂逅相遇,与子偕臧。"目睹欢快者,有女同车,佩玉琼琚;遥观失恋者,山有扶苏,不见子都。男欢女爱,情系家国,关乎雅俗。看《郑风》篇篇,民风斑斑,尽在其中。

六二

《诗经》中,《魏风》七篇。《魏风》中,《伐檀》《硕鼠》两篇,衷生民之多艰,叹农夫之多苦,言辞无以复加。

六三

《国风》中,《秦风》十篇。《秦风》中,《小戎》《蒹葭》晶莹亮丽。《小戎》,战争题材。士兵之妻深情思念丈夫,诗中娓娓道来:"思念君子,温其如玉。""温其如玉",道德标准如此崇高,堪为世人典范。《蒹葭》一曲,有所寄托。所谓伊人,在水一方;伊人在彼,求之不得。求之不得,歌以咏之。歌蒹葭之茂盛,咏伊人之无形。

六四

《诗经》中,《豳风》七篇。《豳风》中,《七月》独冠其首。重农桑,勤耕织;驰骋畋猎,收获仓储。四季风光,一日景象;稼穑之苦,忧惧之累。西周民俗场面,参差有致;百姓生活艰辛，如在眼前。

因为少，故贵、故奇、故荣、故喜；因为多，故贫、故泛、故枯、故厌。简而朴，平而淡，沉而潜，安而静。世道人情，概莫如此：厌生而减趣，味浓则少鲜。

六五

《诗经·小雅》中，《鹿鸣》《伐木》《采薇》《鹤鸣》篇，新意层层。《诗经》若无《卫风》《郑风》，若无《关雎》《伐檀》《硕鼠》《蒹葭》《七月》，若无《小雅》中若干篇章，质地弱化，颜色锐减；少有风光，内容浅淡。

"夙兴夜寐，靡有朝矣"（《诗经·卫风·氓》），普通百姓，特征显著：勤劳。"兢兢业业，如霆如雷"（《诗经·大雅·云汉》），"令仪令色，小心翼翼"（《诗经·大雅·烝民》），特征显著：谨慎。《诗经·大雅》中，尚有可取之处，知明礼而正衣冠。

六六

屈原年轻时作《橘颂》。少年老成，胸有大志。"苏世独立，横而不流"，是其人格写照。"秉德无私，参天地兮"，是其理想追求。《橘颂》以四言为主：风雅体例，语言清新；借物咏志，树荣芳欣。屈原篇章多多，独独此篇，与众不同。

稍后，作《湘夫人》。还是年轻人，然句式不同，四言不再，初露骚体端倪。"帝子降兮北渚，目眇眇兮愁予。袅袅兮秋风，洞庭波兮木叶下……捐余袂兮江中，遗余褋兮澧浦。搴汀洲兮杜若，将以遗兮远者。时不可兮骤得，聊逍遥兮容与"。绵绵四十句，不避重复字，节奏舒缓，不激不厉。想象极为丰富："鸟可萃兮苹中？罾何为兮木上？……"

中年，作《离骚》。结撰幽远，文思泉涌；穷究天地，上下求索；忠爱情怀，远绍四方。

晚年，作《悲回风》《哀郢》《惜往日》。标题即主题，其悲痛心绪，可想而知。

六七

《诗经》和《楚辞》，同中有异，异中有同。《诗经》质朴，《楚辞》鲜丽。《诗经》脱口而出，深入浅出，作诗如言谈、呐喊、唱歌，《楚辞》万人相传，涵咏芳华，赋辞如晤对、诵读、吟哦。《诗经》下字精狠。《楚辞》思绪飘飞。《诗经》《楚辞》，宏篇而巨彩，内容充实，情感丰富。《诗经》，从民间走进庙堂；《楚辞》，从庙堂走进民间。唐诗体例，承接《诗经》，宋词体例，弘扬《楚辞》。李白、杜甫，历经汉魏六朝而上溯《诗经》《楚辞》，汲取各自所需，独领风骚，播扬八荒。

六八

汉魏六朝诗歌,以内敛为主,风尚所致,习俗所染。文人或叙写家事,或寄情山水。形式渐变,新意层出。先秦诗歌奔涌而来,此处河道稍浅,浪高山静,如瀑布久悬山崖,朝夕汇注,日将月就,若一触则即发,洪波倾泻。

六九

枚乘诗《杂诗》:"庭中有奇树,绿叶发华滋。攀条折其荣,将以遗所思。馨香盈怀袖,路远莫致之。此物何足贡,但感别经时。　　明月何皎皎,照我罗床帏。忧愁不能寐,揽衣起徘徊。客行虽云乐,不如早旋归。　　涉江采芙蓉,兰泽多芳草。采之欲遗谁?所思在远道。还顾望旧乡,长路漫浩浩。同心而离居,忧伤以终老。"承上而启下。上承风骚,下启《古诗十九首》。与《古诗十九首》,不仅形式相似,情感脉络也相似;若筋皮相连,骨肉而不分离。

汉乐府民歌中,《上邪》《陌上桑》《孔雀东南飞》,相当出彩。《上邪》,见贞妇之刚烈,旷世难遇。《孔雀东南飞》,记家事之艰辛,倾诉衷肠。《陌上桑》,写罗敷之美丽,清纯得体。"日出东南隅,照我秦氏楼。秦氏有好女,自名为罗敷。罗敷喜蚕桑,采桑城南隅。青丝为笼系,桂枝为笼钩。头上倭堕髻,耳中明月珠。缃绮为下裙,紫绮为上襦。行者见罗敷,下担拎髭须。少年见罗敷,脱帽著帩头。耕者忘其犁,锄者忘其锄。来归相怨怒,但坐观罗敷。"《陌上桑》为罗敷开相,既有正面刻画,又有侧面描写。开篇之好,优于以下。

七〇

《古诗十九首》,非一人一时之作。得古风气息,雅致契合,浑然天成。吟诗于情理之中,用词在意料之外;节奏沉雄平朴,且蕴识深约,抑扬顿挫。

《古诗十九首》,汉无名氏作。每首诗起句作题目,诗意了然,既朴且淳,各具风采。而《古诗十九首》(其一)《行行重行行》,尤重气。诗十六句,环环紧扣,句句贯通;率气如行舟荡桨。其中九、十两句,溯洄从之,形成复沓;反复吟诵,生气弥散。

"行行重行行,与君生别离。相去万余里,各在天一涯。道路阻且长,会面安可知?胡马依北风,越鸟巢南枝。相去日已远,衣带日已缓。浮云蔽白日,游子不顾反。思君令人老,岁月忽已晚。弃捐勿复道,努力加餐饭。"

《古诗十九首》(其二)《青青河畔草》:"青青河畔草,郁郁园中柳。盈盈楼上女,皎皎当窗牖。娥娥红粉妆,纤纤出素手。昔为娼家女,今为荡子妇。荡子行不归,空床难独守。"《古诗十九首》(其十)《迢迢牵牛星》:"迢迢牵牛星,皎皎河汉女。纤纤擢素手,札札弄机杼。终日不成章,泣涕零如雨。河汉清且浅,相去复几许?盈盈一水间,脉脉不得语。"《古诗十九首》(其十五)《生年不满百》:"生年不满百,常怀千岁忧。昼短苦夜长,何不秉烛游?为乐当及时,何能待来兹。愚者爱惜费,但为后世嗤。仙人王子乔,难可与等期。"读过一首又一首,备感《古诗十九首》,语言生动,随口而出。汲取诗骚精华,平中见拙,拙中见奇。诗风影响汉魏六朝,及至盛唐。

七一

《步出夏门行》,曹操组诗,单篇《观沧海》,一气呵成,佳句成行,难以分离,以此概括全貌。同题中,单篇《龟虽寿》,英气不凡。"老骥伏枥,志在千里,烈士暮年,壮心不已",四句统领上下,高标特立,雄姿存焉。

曹操五十二岁,作诗《观沧海》。是一首写景诗。碣石、沧海、浊浪、山岛、树木、百草、秋风、洪波、日月、星汉;凭眺远观,举目遥望;世界大千,歌以咏志。登临奇思,若出其中;幸甚至哉,若出其里!

诗歌写景,而无杂质,又一任自然,诗境由此开,气象从中来。写诗理当如此,新意任凭剪裁。

七二

刘桢有《赠从弟》,左思有《咏史》。五言诗中,松枝高劲,有所寄托,脱俗而清茂。

刘桢五言诗《赠从弟》三首。第二首咏松柏,风雪冰霜。其诗为:"亭亭山上松,瑟瑟谷中风。风声一何盛,松枝一何劲。冰霜正惨怆,终岁常端正。岂不罹凝寒,松柏有本性。"

刘桢为建安七子之一。建安七子为孔融、阮瑀、应玚、陈琳、刘桢、徐干、王粲。七子志趣相投,群而声起,重则音立。刘桢,三国时魏府中富贵中人。写诗劝从弟清流而为人,极为不易。

七三

陶渊明诗《饮酒》(其五),字字确当,句句妥帖;平中见奇,毫无牵绊。"结庐在人境,而无车马喧。问君何能尔,心远地自偏。采菊东篱下,悠然见南山。山气日夕佳,飞鸟相与还。此中有真意,欲辨已忘言。"陶渊明此诗尤好,不可多得。《形影神赠答诗》,是陶渊明身中之肉、肉中之骨、骨中之髓:"纵浪大化中,不喜亦不惧。"诗人立意解释宇宙人生,思想之魂魄寄寓其中。

七四

谢灵运诗句:"石浅水潺缓,日落山照曜"(《七里濑》),"池塘生春草,圆柳变鸣禽"(《登池上楼》),"林壑敛暝色,云霞收夕霏"(《石壁精舍还湖中作》),"春晓绿野秀,岩高白云屯"(《入彭蠡湖口》)。五言春秋佳句,一表冬夏妙理。

七五

鲍照《拟行路难》,尽述平生慷慨之志,铺锦展秀,以呈后来者观之而起兴。

七六

谢朓诗以写景擅胜。《之宣城郡出新林浦向板桥》,此诗既写景,又思乡;景中有物,情在故乡。起句"江路西南永,归流东北骛。天际识归舟,云中辨江树",三四两句想象奇特:路永归流,风云江汉。紧接句"旅思倦摇摇,孤舟昔已屡。既欢怀禄情,复协沧州趣",五六两句孤旅愁思:思乡情深,深情乡思。末四句:"嚣尘自兹隔,赏心于此遇。虽无玄豹姿,终隐南山雾。"会心于景,合璧如规,辽远高翔。此诗如无三四两句"天际识归舟,云中辨江树",全诗失色。

山水诗至谢朓,又进一层。"天际识归舟,云中辨江树"(《之宣城郡出新林浦向板桥》)、"余霞散成绮,澄江静如练"

(《晚登三山还望京邑》)、"鱼戏新荷动,鸟散余花落"(《游东田》),诗句芳鲜,山水明净。李白一跃而登台,呼之欲出。

七七

《木兰诗》叙事诗:多铺垫,有容与;多起伏,有曲折。

"唧唧复唧唧,木兰当户织。不闻机杼声,唯闻女叹息。"此为全诗小引,道出原委。凤冠在前,叙事在后。"万里赴戎机,关山度若飞。朔气传金柝,寒光照铁衣。将军百战死,壮士十年归。"木兰从军,夹叙夹议;巧设过渡,简言蔽之。"雄兔脚扑朔,雌兔眼迷离。双兔傍地走,安能辨我是雄雌!"结尾四句,以兔喻人,长袖善舞,余音不绝。

《木兰诗》,纪事体。汉魏六朝压轴之作。木兰替父从军,娓娓道来,气韵生动,感情饱满。所贵者,在于开篇敷陈,结尾点缀。中间过渡巧妙,语言明快简洁。杜甫一跃而登台,呼之欲出。

第三章

七八

宋词,蔚为壮观。尽管李白、白居易、温庭筠诸家,均有词作,而词之于宋代,是一大品类;正如诗之于唐代,是一大品类,斑斓多彩。

七九

"青山相送迎"(林逋词句),"的的写天真"(杨亿词句)。宋词由此开篇。

林逋咏梅诗,有《山园小梅》。诗中"疏影横斜水清浅,暗香浮动月黄昏",是名句。梅香暗袭,水月轻浸;雾气弥漫,风情小园。梅鹤为伴,隐居孤山;载日复月,独自一人;清寂如此,盈香自况。

人生于世,极贫或极富,皆少。贫者露本色,富者显本性。贫而能忍苦寒者,难;富而能除骄奢者,难。两难之中,后者更难。

淡与薄,乃百世之清香,喜者甚多。

八〇

词与诗比较,规矩更多。李白填词《菩萨蛮》,供奉为正调。后来者填《菩萨蛮》,字数与之相同,平仄声若稍有差异,则降为变调。不少词牌,变调多至三四个,不足为奇。

八一

词与诗比较,下字更难。长短句中,有若干重复句式,规范宽窄,参差其中。有若干词牌,分上下两片,合为一篇。

填词,一难在起句不凡,二难在过渡自然,三难在收场壮丽。起句不凡,先声夺人;过渡自然,羽化登仙;收场壮丽,余音绕梁。

八二

品诗赏词,如佳人幽会,一面之后,好感不再,滋味荡然无存。

深入浅出,有入我之境与入他之境。入我之境,境由心生;入他之境,境由外化。我他互换,循环往复;我他互对,回映璧照。

八三

范仲淹,身世不凡,阅历不凡,气度不凡。填词《渔家傲》,意境不凡:"千嶂里,长烟落日孤城闭。""人不寐,将军白发征夫泪。"

范仲淹五十三岁戍边。越明年,填词《渔家傲》(塞下秋来风景异)。写事记征夫白发,抒情志燕然未勒。浊酒一杯,边声四起。

庆历四年,范仲淹五十八岁,应邀作《岳阳楼记》。"先天下之忧而忧,后天下之乐而乐"。先忧后乐,胸怀天下。

范词起边塞,文章至老淳。

八四

诗人作诗,直抒胸臆也罢,托物言志也罢,贵在情真、贵在情深、贵在情高、贵在情切。一言以蔽之:怎一个情字了得。诗人如此,词家尤甚。用字如玉珠分盘,叮叮当当,洒洒落落;精选优良,妥帖确当。圆转剔透中烛照苍茫寥廓,方正刚劲里彰显温润悠长。

八五

柳永词作,舞榭歌台。虽无高尚志向,然凄恻哀婉,一往情深;芳心无限,为之倾倒。词藻华丽,难见平朴;酒醉初醒,晓风残月。"衣带渐宽终不悔""断鸿声远长天暮","执手相看泪眼,竟无语凝噎"。柳永《望海潮》,有词人中数一家。

八六

诗词若有名句压阵,可以芳香;诗词若有名人压阵,可以流传。张先词句:"沙上并禽池上暝,云破月来花弄影",属于前者;晏殊词句:"无可奈何花落去,似曾相识燕归来",属于后者。

八七

一首词,有下片胜于上片者,如晏殊《蝶恋花》:"昨夜西风凋碧树。独上高楼,望尽天涯路。欲寄彩笺兼尺素。山长水阔知何处。"一首词,有上片胜于下片者,如宋祁《玉楼春》:"东城渐觉风光好。縠绉波纹迎客棹。绿杨烟外晓寒轻,红杏枝头春意闹。"

八八

王安石,名逾艺事,文兼诗词。《桂枝香》词叹:"六朝旧事随流水。"《泊船瓜州》诗赞:"春风又绿江南岸。"亦有《梅花》诗:"墙角数枝梅,凌寒独自开。遥知不是雪,为有暗香来。"只道诗家自况,却话独立严寒。

八九

苏轼,才华横溢,有诗为证:"当其下手风雨快,笔所未到气已吞"(《王维吴道子画》),"觉来落笔不经意,神妙独到秋毫颠"(简称《题吴道子画》),"兴来一挥百纸尽,骏马悠忽踏九州"(《石苍舒醉墨堂》),挥洒无数。

九〇

苏轼人到中年,谪居湖北黄冈。陋室紧邻坡地,名称"东坡"。"东坡"自号由此得名,说法之一。白居易多首诗写"东坡"。白诗如《步东坡》:"朝上东坡步,夕上东坡步。东坡何所爱,爱此成新树。"苏轼因喜爱白居易而自号"东坡",说法之二。两种说法,颇可玩味;弦外之音,妙趣更多。

九一

苏轼诗词,平朴明快,毫无生涩隐晦句,作诗填词,如话家常。这般光景,与白居易诗风"明白晓畅"相比,有过之而无不及。诗风关乎文风,文风关乎人风。两位诗人人生遭遇起伏跌宕,心有戚戚焉。白居易诗《长恨歌》《卖炭翁》,颖锋光鲜,干预时政;之后取"中道人生,和光同尘"。东坡目力向下,视野平远;广交众友,雅爱民欢。而文章典籍、诗词书画、饮食茶道、务政农桑,领域诸多却前所未有。非目力向下,而未可取;非视野平远,则不可得。

九二

目力向下,愈加自然;视野平远,愈加苍茫。春风无着花先开,秋水微抹潮已来。生机灵动,清新可人。苏诗有:"人似秋鸿来有信,事如春梦了无痕","竹外桃花三两枝,春江水暖鸭先知"。苏词有："竹杖芒鞋轻胜马,谁怕？一蓑烟雨任平生。""枝上柳绵吹又少,天涯何处无芳草。"

九三

苏轼年近四十,作词《江城子》,悼念亡妻王弗："十年生死两茫茫。不思量。自难忘。……料得年年肠断处,明月夜,短松冈。"词中"相顾无言,惟有泪千行"两句,情真且深,呼之欲出。经历极为痛苦,话语奔涌而来。悼亡妻词,词牌竟然不选《忆秦娥》《一剪梅》《声声慢》《诉衷情》,而选用《江城子》,已非一般夫妻情愫,应作"奇男子"或"伟丈夫"看待,如斯可观！

九四

鹡鸰在原,兄弟情深。丙辰中秋,兼怀子由；苏轼作词《水调歌头》,赠予苏辙。"但愿人长久,千里共婵娟",一番柔情似水,天生万籁。怀友赠别佳作,最能洞悉情真意切。用情不深,句子乏味而难以卒读,历来如此。

苏轼《江城子》(十年生死两茫茫)、《水调歌头》(明月几时有)、《念奴娇》(大江东去),分别作于一〇七五年、一〇七六年、一〇八二年,即苏轼三十九岁、四十岁、四十三岁。异地哀妻、中秋思弟、临江怀古,世人皆知。

苏轼四十四岁,居黄州,填词《满庭芳》:"三十三年,今谁存者,算只君与长江。"词句如以上三首,阴阳有度,脱口而出;而其苍凉老辣,苏词中难得一见。

九五

苏轼,有才华而善吸收。出古意于新奇之中,入理法在妙趣之外。新不离古,趣不离真,味不离禅,意不离庄。其核心是,以真情胜过往,人品使然。苏轼作诗,前有李、杜,填词则闲闲写来,才华尽展,巨笔轻舒。词与诗比较,词比诗约束更多。词能娴熟,胸中无多气象,难以继之;词能豪放,笔底少有真情,难以承载。苏轼诗词,几乎不见酸馊气味,正因为其情真意切,所以如此。

九六

不读李白诗,难得飘逸;不读杜甫诗,难得沉雄;不读白居易诗,难得清脱;不读苏轼诗,难得趣味。

深入浅出,有阴阳之分。所谓"阴",即虽能读懂其意,而意犹未尽;可以咀嚼再三,而回味无穷。所谓"阳",即虽能读懂其意,而意已畅达;可以明心见性,而痛快淋漓。

九七

黄庭坚学杜甫诗,清隽不减,脱俗有加。看《寄黄几复》诗:"我居北海君南海,寄雁传书谢不能。桃李春风一杯酒,江湖夜雨十年灯。持家但有四立壁,治病不蕲三折肱。想见读书头已白,隔溪猿哭瘴溪藤。"黄诗瘦而劲,与苏轼诗相比,滋味不同。看黄庭坚词《清平乐》:"春归何处?寂寞无行路。若有人知春去处,唤取归来同住。　春无踪迹谁知?除非问取黄鹂。百啭无人能解,因风飞过蔷薇。"词瘦劲中兼有滋润,鲜鲜悦目。

九八

秦观诗词两具,词尤其好。《鹊桥仙》词,下片更好:"柔情似水,佳期如梦,忍顾鹊桥归路。两情若是久长时,又岂在朝朝暮暮。"

九九

李清照填词:"花自飘零水自流","庭院深深深几许";"生怕离怀别苦","惟有楼前流水";"欲语泪先流","人比黄花瘦";"一种相思,两处闲愁";"问天语","风休住","多少事","应念我";"争渡,争渡","知否,知否"。自有其无穷悲哀,婉约风姿;对词牌深悟熟透,了如指掌;曲尽幽韵,已无挂碍。李清照诗《乌江》:"生当做人杰,死亦为鬼雄。至今思项羽,不肯过江东。"历代文人以诗赞美项羽,不计其数。李诗独绝,英武气概;清照自照,一扫阴霾。

李清照《渔家傲》:"天接云涛连晓雾,星河欲转千帆舞……"词有豪放气;其诗"生当作人杰",同样有须眉气。李清照,词胜于诗。

李清照词,词风婉约有致,且谙熟词调。直抒愁绪,脂粉少而铅华稀,是由其痛苦所致,阅历丰富。

李清照遭遇不幸,愁绪百结。而其词永在,使人读之,可怜、可悯、可爱。岁月移往,再读清照词,只见其好处多多。人心趋同,恒美如常。

一〇〇

作诗赋词,不能不用力,不能用力过猛。力弱疲软,力猛伤神。看似毫不经意、毫不费力,却力透纸背,恰到好处。张元幹词句"天意从来高难问",一语中的。

名句一句,句子佳;名句两句,语段佳;名句数句,短章佳;名句成段,全篇佳。大凡名家,尤其大家,所作诗词,名句成行;且深入浅出,常思常新。此所谓大家风范,文思泉涌。还有其人生感悟、良思妙得,久蓄心中且适时而为,所以言不虚发,切中要害。

一〇一

　　岳飞词《满江红》，催人奋发。"莫等闲，白了少年头，空悲切"。恒言警世，励志当下。岳飞诗《池州翠微亭》："经年尘土满征衣，特特寻芳上翠微。好水好山看不足，马蹄催趁月明归。"英雄气度，爱国情怀；言为心声，发自肺腑。

一〇二

　　陆游作诗勤奋且多。"山重水复疑无路，柳暗花明又一村"（《游西山村》），"一身报国有万死，双鬓向人无再青"（《夜泊水村》），"三万里河东入海，五千仞岳上摩天"（《秋夜将晓出篱门迎凉有感》）。妙语盈箧，如珠如玉；气势不凡，心系家国。陆游有诗，荧光自爱；珍惜生命，感念时光。看诗《独学》："秋风弃扇知安命，小灶留灯悟养生"，此类便是。

　　写诗，气能驭才，志能使才。陆游年近七十，深究作诗心得："天机云锦用在我，剪裁妙处非刀尺。"陆游示范小儿子聿，传授作诗秘诀："古人学问无遗力，少壮工夫老始成。纸上得来终觉浅，绝知此事要躬行。"（《冬夜读书示子聿》）"诗为六艺一，岂用资狡狯？汝果欲学诗，工夫在诗外。"（《示子遹》）。内行谈道，真经嫡传；明白如话，一目了然。

　　陆游名诗《书愤》，哀诗《沈园》，愁诗《独坐》，遗诗《示儿》。陆游作诗，盈千近万；亦有文章，寄趣书巢。

陆游善诗文。诗文均佳,诗尤胜之。其词《钗头凤》,情悲而词绝,一任己怀。而诗《书愤》,兼有家国情怀,高意厚实,又不失学子登临博望之气概。诗《书愤》:"早岁那知世事艰,中原北望气如山,楼船夜雪瓜洲渡,铁马秋风大散关……"

一〇三

辛弃疾词,妙语刚柔。贵刚,尽道其丰姿华彩;富柔,不失其韧劲工整。高洁而无媚态,鲜亮葆有恒光。"把吴钩看了,栏杆拍遍"(《水龙吟》),"青山遮不住,毕竟东流去"(《菩萨蛮》),"平生塞北江南,归来华发苍颜"(《清平乐》),"东风夜放花千树……众里寻他千百度"(《青玉案》),"醉里挑灯看剑,梦回吹角连营"(《破阵子》)。辛弃疾词,体备文史。"山下千林花太俗,山上一枝看不足。春风正在此花边,菖蒲自蘸清溪绿"(《归朝欢》),词如诗文,清风徐来;《永遇乐·京口北固亭怀古》《南乡子·登京口北固亭有怀》,词咏史迹,惠吾凉意。

《永遇乐·京口北固亭怀古》,辛弃疾词之豪放佳作,是其六十六岁作品。稼轩词,如《水龙吟·登建康赏心亭》《菩萨蛮·书江西造口壁》《破阵子·为陈同甫壮词以寄》多篇,皆是此类词风,波澜壮阔,雄姿万千。

辛稼轩另一类词风，清新鲜美。如《西江月·夜行黄沙道中》《丑奴儿·书博山道中壁》《清平乐·村居》篇，田舍农家情趣，一一跃然纸上。

《青玉案·元夕》，又是一种格调。玲珑剔透中，略施脂粉；既不俗，也不朴。

辛弃疾词多豪放、多英气，直抒胸臆，快意激荡。其词柔婉少，乡远风俗则更少。少少之中，其《清平乐·村居》，则是一例："茅檐低小，溪上青青草。醉里吴音相媚好，白发谁家翁媪？　大儿锄豆溪东，中儿正织鸡笼。最喜小儿无赖，溪头卧剥莲蓬。"

一○四

刘克庄词句："老眼平生空四海，赖有高楼百尺"，足见非凡。吴文英擅填最长词调《莺啼序》，足见功力。蒋捷词句："红了樱桃，绿了芭蕉"，足见奇巧。

江南村舍，青砖黛瓦，小桥流水，绿树环合。风光异于北国，有景有色：有景明丽，有色鲜艳；有景秀气，有色沉静。物在其中，人在镜中。

诗歌描写江南，历代不计其数。杨万里诗《晓出净慈寺送林子方》，便是一例："毕竟西湖六月中，风光不与四时同。接天莲叶无穷碧，映日荷花别样红。"写景由远而近，状物由外而内;感受由浅入深,体验由细至微。杨万里诗《小池》,构思也如此。

僧志南《绝句》,构思迥异:"古木阴中系短篷,杖藜扶我过桥东。沾衣欲湿杏花雨,吹面不寒杨柳风。"物我互换,主宾倒置。如此一来,别开一派欣欣向荣景象。

诗词,有朝境与暮境。朝境,意气奋发;暮境,垂老伤感。诗词,有春思与秋思。春思,绿叶新妆;秋思,凉风潭清。心境之象,景随物迁。若白云飘忽,似游鱼怡然;如群山低蹲,像鲜草跃泥。

姜夔诗《过垂虹》:"自作新词韵最娇,小红低唱我吹箫。曲终过尽松陵路,回首烟波十四桥。"姜夔,通音律,作客范成大府上,谱曲由范府青衣歌唱。青衣小红词韵娇好,歌声动人。范成大旋即将小红赠予姜夔。范府在姑苏石湖,姜宅在浙江湖州。水路返回,行舟穿过垂虹桥,小红低唱姜吹箫。时值除夕飞雪,诗人春心荡漾;过眼江南景色,一派瑞气祥和。

赵师秀诗《呈蒋薛二友》:"中夜清寒入缊袍,一杯山茗当香醪。鸟飞竹叶霜初下,人立梅花月正高。无欲自然心似水,有营何止事如毛。春来拟约萧闲伴,重上天台看海涛。"其中两句"无欲自然心似水,有营何止事如毛",品读之余,颇可回味。

谈"无欲",并非始于赵师秀,也非终于赵师秀。人生在世,日月添将;衣食住行,年龄增长。"无欲"可乎?"多欲"可乎?"纵欲"可乎?"欲"要有、要专、要纯、要坚,人生快乐之"有营",如在道中。惟其如此,则不会繁事如麻、杂活如毛。

一〇五

于诗而言,苏轼之后,陆游最工;于词而言,东坡之后,稼轩最工。于词而言,苏轼之前,李煜最工;于诗而言,放翁之后,遗山最工。

一〇六

李煜年少,已精研填词,只是阅历未深,惟见脂粉;后来遭遇突变,眼界大开,感慨良多,丽词脱口而出,不似工而功到自然。

知与识,既在书本之内,又在书本之外。

觉与悟,既在人心之内,又在人心之外。

一〇七

宋末诗人多多,惟文天祥大气磅礴。一首《过零丁洋》,胸怀山河,声震千古。

文天祥作《端午即事》,真抒胸臆,字字见情;其心昭昭,以身殉道。其诗是:"五月五日午,赠我一枝艾。故人不可见,新知万里外。丹心照夙昔,鬓发日已改。我欲从灵均,三湘隔辽海。"忠肝义胆,天地正气;端午文化,爱国情怀。

一〇八

元好问,号遗山,鲜卑族拓跋氏后裔,深通汉学,诗词兼擅。无纤纤酸腐风气,有苍苍清朗滋味。唐宋以后,继承高手,惟其有他。元好问《论诗三十首》,其中"一语天然万古新,豪华落尽见真淳",有见地而诗风自照。《摸鱼儿》"问世间,情是何物?直教生死相许",《摸鱼儿》"问莲根,有丝多少,莲心知为谁苦",两词双璧生辉,壮思长风万里。

第四章

一〇九

写诗填词,贵在有我;贵在有我,才能无我。
但看诗诵声声远,复吟古韵句句生。

一一〇

高启诗《梅花九首》,妙在第一首:"琼姿只合在瑶台,谁向江南处处栽。雪满山中高士卧,月明林下美人来。寒依疏影萧萧竹,春掩残香漠漠苔。自去何郎无好咏,东风愁寂几回开?"

高启诗《古词》:"妾刀不断机,郎行当早归。还将机中锦,作郎身上衣。"贴近生活,与《梅花》诗味迥异。古往今来,岁月时恒。处处隐忧,日日藏患;微乎斯小,杜渐事大。如能防之,艰难不已。

一一一

事在人为,诗在人赋。做而不说,上品;又说又做,良品;只说不做,中品;不说不做,下品。

一一二

高棅作诗应答,以怀旧友:"梅边野饭逢人少,海上青山对客愁"(《得郑二宣海南手札》)。程本立作诗题画,以怀母爱:"母老今犹健,儿行久不归。一官淹白首,万里梦斑衣"(《题李典仪云东卷》)。郭登作诗赴戍,以怀沧桑:"寒窗儿女灯前泪,客路风霜梦里家"(《保定途中偶成》)。李东阳作诗相寄,以怀文士:"木叶下时惊岁晚,人情阅尽见交难"(《寄彭民望》)。

一一三

于谦作诗,时有新意。"西风落日草斑斑,云薄秋空鸟独还。两鬓霜华千里客,马蹄又上太行山"(《太行山》),思乡情切,报国情深。"农夫出门荷犁锄,村妇看家事缝补"(《悯农》),悯农情切,怜妇情深。"凿开混沌得乌金,藏蓄阳和意最深。爇火燃回春浩浩,洪炉照破夜沉沉"(《咏煤炭》),励志情切,咏煤情深。

一一四

沈周、文徵明诸位常有诗作。文徵明作诗刻苦勤奋,数十行长诗题画屡见不鲜,繁富且多。

才有大小高矮之分别。日日使才,空乏其身;天天精进,累寸盈尺。才有使才、敛才之分别。使才者,为艺为文;敛才者,为史为志。苏轼以为,人生识字忧患始;陆游以为,后代有才即忧患。苏轼作诗词,驭才使气,不以诗词为诗词,所以诗词潇洒;陆游谨严,总以诗词为诗词,所以诗词工整。

杜甫喜作题书画诗,如《奉先刘少府新画山水障歌》《题壁画马歌》《戏题画山水图歌》《题李尊师松树障子歌》《戏为双松图歌》《姜楚公画角鹰歌》《观薛稷少保书画壁》《书讽录事宅观曹将军画马图》《杨监又出画鹰十二扇》《丹青引》《李潮八分小篆歌》,篇章无数。杜甫以为,书贵瘦硬方通神。

苏轼亦好之,比杜甫有过之而无不及。题书画诗,洋洋洒洒。如《书鄢陵王主簿所画折枝二首》:"论画以形似,见于儿童邻。赋诗必此诗,定非知诗人。诗画本一律,天工与清新……"苏轼以为,绘画要介于似与不似之间,赋诗不必据泥于格律;诗画有相通之处,贵在巧夺天工与清新自然。

唐宋以后,元代王冕喜作题画诗,单题梅花诗,有十首以上。最出色为《墨梅图》:"我家洗砚池头树,个个开花淡墨痕。不要人夸好颜色,只留清气满乾坤。"然而,正因为如此,题书画诗徐徐归拢,渐渐成为题画诗。

元代画家吴镇《题董源〈夏山深远图〉》:"北苑时翻砚池墨,叠起烟云隐霹雳。短缣尺楮信手挥,若有蛟龙在昏黑……"诗有唐宋古风。夏景熟望,暑气蒸熏。南风晚轻,蛙鸣声循。诗祝雨热,屋承雷迅。天光万千,百物顾寻。

吴镇与黄公望、倪瓒、王蒙,合称"元四家"。黄公望、王蒙画尤奇;吴镇绘画驭繁于简,题画诗随处可见。

明代沈周、文徵明时期,题画诗内容广泛,山山水水,花花草草,无所不包。且屡有好诗出现,为诗歌普及推波助澜,成为诗歌流脉中一种类别。

一一五

王世贞诗《登太白楼》:"昔闻李供奉,长啸独登楼。此地一垂顾,高名百代留。"

汗之所出,总有所馈;智之所用,总有所得;力之所付,总有所获;足之所登,总有所成。

一一六

写诗填词,与做学问相同,有大家与小家之分别。大家矿藏丰富,入之难,出之亦难,是因其深而广;小家亦有开枝散叶之处,某一点或可以发扬光大,然终究滋养甚少,还得求助其他,方可继之。

一一七

李时珍诗:"久孤兰杜山中待,谁遗文章海内传。白雪诗歌千古调,清敬日醉五湖船。"(《吴明卿自河南大参归里》)野草不种年年长,烦恼无根日日生。喜与忽随,苦与慎伴。李时珍时刻警惕,作诗安慰友人,激励自我。

一一八

戚继光诗:"郁葱千里绿荫肥,涧水萦纡一径微。鱼未惊钩闻鼓出,鸟因幽谷傍人飞。江南塞北何相似,并郡桑干总未归。惆怅十年成底事,独将羸马立斜晖。"(《出塞》)

将军总有英武气,山河寸寸如眷亲。

无情光阴音貌改,有声诗书颜容新。

一一九

汤显祖《江宿》诗:"寂历秋江渔火稀,起看残月映林微。波光水鸟惊犹宿,露冷流萤湿不飞。"

日月天天伴人行,行人不知日月升。

景色无穷微妙增,一朵白云有浅深。

一二〇

袁宏道诗《横塘渡》:"横塘渡,临水步。郎西来,妾东去。妾非倡家人,红楼大姓妇。吹花误唾郎,感郎千金顾。妾家住虹桥,朱门十字路。认取辛夷花,莫过杨梅树。"

并非人间诗人少,只因赞颂起声高。

情感不深难为继,一片光明生奇妙。

一二一

张岱诗《富阳》:"富阳耕牧地,我记亦依稀。故国人民改,新丰鸡犬非。探亲先问姓,遇故久牵衣。二十年前事,茫如丁令归。"

无癖不可交,梦醒事雕虫。

富阳探亲地,牵衣辨我侬。

童年已而过,无改乡音浓。

烟云繁华后,侧身耳不聋。

一二二

史可法诗《燕子矶口占》:"来家不面母,咫尺犹千里。矶头洒清泪,滴滴沉江底。"

家国两相依,将军心中血。

天下慈母泪,茫茫千山雪。

一二三

夏完淳诗《寄内》:"忆昔结褵日,正当摐甲时。门楣齐阀阅,花烛夹旌旗。问寝谈忠孝,同袍学唱随。九原应待汝,珍重腹中儿。"

也有儿女情,丈夫四海志。

但看家中妻,甘为瓦屋持。

清晨炊烟起,暮色伴衣湿。

烛光晚来红,襁褓催刀尺。

一二四

诗与歌连,词与话近;

曲与赋会,文与言亲。

一二五

诗在盛唐思李杜,词到宋代念苏辛。
遥寄源头活水来,一寸光阴十分勤。

一二六

钱谦益《古诗赠新城王贻上》:"伪体不别裁,何以亲风骚?"诗引杜甫诗意。诗人,涉笔成句,出口成章,凝眸成联,独步成行。诗人,大觉者先悟,高智者早慧。诗人,非用力之巨,不见妙句;非沉思之深,不见华章。

钱谦益诗《西湖杂感》:"潋滟西湖水一方,吴根越角两茫茫。"作诗,处疏得气,缝密造奇;句仄造险,语淡得稳;刚露易折,曲多无力;似不雕而工,又大方自然。

一二七

吴伟业诗《圆圆曲》:"冲冠一怒为红颜。"一句点明题意。
读文而不读史者,无骨;读史而不读文者,无肉。
读书而不行远者,无趣;读古而不明世者,无味。

一二八

顾炎武诗《雨中至华下宿王山史家》:"重寻荒径一冲泥,

谷口墙东路不迷。万里河山人落落，三秦兵甲雨凄凄。松阴旧翠长浮院，菊蕊初黄欲照畦。自笑漂萍垂老客，独骑羸马上关西。"

明人撰联："风声雨声读书声，声声入耳；家事国事天下事，事事关心。"顾炎武有对子："天下兴亡，匹夫有责。"两联有异曲同工之妙，不谋而合。

人有喜怒哀乐，月有阴晴圆缺。历经风霜之人，必有历经风霜之言。顾炎武作此诗，已六十五岁，所以"自笑飘萍垂老客，独骑羸马上关西"，境况自喻。虽自笑坦然，英气犹存，但毕竟老之将至；面临古稀，不过四五年而已。开篇一句"重寻荒径一冲泥"，贵在"重寻"，以觅老友，情深深、雨濛濛，不远万里，骑马关西。人生何等沉郁，又何等慷慨与苍茫！

一二九

吴嘉纪诗《一钱行赠林茂之》："先生春秋八十五，芒鞋重踏扬州路。故交但有丘茔存，白杨催尽留枯根。昔游倏过五十载，江山宛然人代改。满地干戈杜老贫，囊底徒余一钱在。桃花李花三月天，同君扶杖上渔船。杯深颜热城市远，却展空囊碧水前。酒人一见皆垂泪，乃是先朝万历钱。"

林古度，字茂之。明朝灭亡后居金陵。他曾将一枚明代万历年间钱币，缝藏在衣带中。康熙三年，林茂之到扬州，诗人汪楫作诗《一钱行》赠他。吴嘉纪为林茂之事迹所感动,写赠诗送林茂之。

杜甫之后,学杜诗者不乏其人,或只有沉雄,或只有清峻,毫无游刃有余之处。此诗有杜诗清峻余韵,用语清而淡。写诗与选材有关,则事半功倍。

一三〇

施闰章诗《过湖北山家》《燕子矶》《舟中立秋》《泊樵舍》《至南旺》多篇,题目简洁明了。题目简洁明了,是诗人,未必能做到;是大诗人,也未必能做到。《诗经》《楚辞》,一表典范,诗歌题目简明扼要。历经汉魏六朝、隋唐元明之后,清代诗人意识主动,标题直白简明而成风气,恰如涓涓细流汇成海河,一江沉沉东去。

一三一

缪肜诗《渡江》:"凉月漾中流,金山隐隐浮。尚余残醉在,和梦到扬州。"

晚秋时节,桃柳谢叶。

苍藤盘曲,寒潭倦歇。

鸟鸣东西,幽径深浅。

树静石奇,菊黄瑞艳。

一三二

屈大均诗《江皋》:"翠微春更湿,烟雨欲无山。白鹭一溪影,桃花何处湾?渔村疏竹外,古渡夕阳间。田父不相识,相随谷口还。"李白诗《独坐敬亭山》《望天门山》、杜甫诗《春夜喜雨》《绝句》(两个黄鹂鸣翠柳)、白居易诗《钱塘湖春行》《过天门街》、韩愈诗《春雪》、杜牧诗《山行》、周邦彦诗《春雨》、杨万里诗《小池》,山水秀美,沁心入脾。诗人虽遭遇不同,而此时此刻,物我两忘,眼前惟有无限生机。同道中人通之,外道中人熟之。

一三三

陆次云诗《出门》:"堂上有慈亲,身外无昆季。承欢赖妻贤,委之以为弟。弱女方四龄,初知离别意。恐其牵袂啼,深伤游子绪。乘彼睡未醒,温存加絮被。拜母不能言,揖妻交重寄。此际心若摧,出门方陨涕。"

时新知日月,室久寓恩爱。

家中平常事,骨肉主情怀。

一三四

王士禛诗《再过露筋祠》:"翠羽明珰尚俨然,湖云祠树碧于烟。行人系缆月初堕,门外野风开白莲。"有韦应物诗句

"野渡无人舟自横"趣味。祠莲相映,碧于禅烟。

一三五

纳兰性德词句:"我是人间惆怅客,知君何事泪纵横","本欲起身离红尘,奈何影子落人间"。词人自况。

一三六

郑板桥诗《竹石》:"咬定青山不放松,立根原在破岩中。千磨万击还坚劲,任尔东西南北风。"环环紧扣,句句相连。心静时提案顿挫、徐徐写来,万千难写之事,均在盈盈一握之间。

郑板桥诗《画竹》:"四十年来画竹枝,日间挥写夜间思。冗繁削尽留清瘦,画到生时是熟时。"郑板桥画竹,墨细研而新发,毫颖舔蘸,力不轻送;惟见瘦峭,不见丰腴,点到为止,不事铺张。其用情之专一、用心之良苦、用笔之确当,一如其人也。

一三七

袁枚诗《新正十一日还山》:"重理残书喜不支,一言拟告世人知。莫嫌海角天涯远,但肯摇鞭有到时。"

事到无用方有用,时到无声若有声。

袁枚诗《马嵬》:"莫唱当年长恨歌,人间亦自有银河。石壕村里夫妻别,泪比长生殿上多。"袁枚诗中,此诗为最。虽为其四十岁前作品,然锐意奋发,关心民生,毫无酸涩气味。诗二十八字,杜、白兼带,唐、清两及。

一三八

赵翼诗《野步》:"峭寒催换木棉裘,倚杖郊原作近游。最是秋风管闲事,红他枫叶白人头。"

桂花重在清淡雅,浅底鱼游成群虾。

夜引千灯迎皓月,空中一轮照万家。

赵翼诗《论诗》:"李杜诗篇万口传,至今已觉不新鲜。江山代有才人出,各领风骚数百年!"赵翼诗,此篇最出彩。前两句道明敬仰李白、杜甫诗篇,犹如春风化雨,传遍千家万户,人人皆知而屡见不鲜。贵在后两句,呼唤当下诗人,独领风骚。独领风骚,赵翼难以完成,但口号已经提出;能提出口号,赵翼业已做到,难能可贵。赵翼撞响时代钟声,异声独起,然社会变化巨大,非同以往。之所以出现有成就者,与各自努力有关;之所以成就有高低,与各自天赋有关。

一三九

写诗填词,是寂寞人做寂寞事。做人不寂寞,作品难以高洁；但做人太寂寞，作品难以通俗。社会现状，熏陶浸染，成为风俗；而人心固守、精益求精，这是内核。社会风俗，影响时代，潮流滚滚，汹涌澎湃。如同周代有《诗经》、先秦有《楚辞》、汉魏有乐府、唐宋有诗词，各有不同，各有千秋。

诗和词，元明清诗家词人精力弥漫、功夫到家、兢兢业业，致力于传承。或学李白、杜甫，或学白居易、孟郊，或学苏轼、辛弃疾，这才使唐宋诗词发扬光大，得以代代相传。

一四〇

诗，可有传人？有。诗，可有传人，无。

说有，是机缘巧合；说无，是无缘际会。承上而启下，亲炙或私淑，各人境遇不同，难尽一一。

一四一

风不猛不至于发声，雨不狂不至于溅珠；

山不高不至于震云，水不壮不至于浮舟。

力不重不至于开路，言不简不至于远足，

学不深不至于奋我，悟不透不至于解忧。

一四二

宋湘诗《贵州飞云洞题壁》："我与青山是旧游，青山能识旧人不？一般九月秋红叶，两个三年客白头。天上紫云原幻相，路边泉水亦清流。无心出岫凭谁语，僧自撞钟风满楼。"

节奏稳稳当当，用字清清楚楚；
颜色明明秀秀，心情恬恬淡淡。

一四三

林则徐诗《塞外杂咏》："天山万笏耸琼瑶，导我西行伴寂寥。我与山灵相对笑，满头晴雪共难消。"

世上总有人，为国赴死生。
江山悬日月，天地惊雷声。

一四四

龚自珍《己亥杂诗》（选一）："浩荡离愁白日斜，吟鞭东指即天涯。落红不是无情物，化作春泥更护花。"诗无佳联难锦，词有妙字永秀。

《己亥杂诗》（选二）："九州生气恃风雷，万马齐喑究可哀。我劝天公重抖擞，不拘一格降人才。"蚌病成珠，时日以待；化蛹为蝶，自觉以待。

一四五

黄景仁诗《别老母》："搴帷拜母河梁去，白发愁看泪眼枯。惨惨柴门风雪夜,此时有子不如无。"魏源诗《晓窗》:"少闻鸡声眠,老听鸡声起。千古万代人,消磨数声里。"两诗皆有感叹:一叹家中之事,一叹人生之事;情怀悲缅,人生短暂。

白日无多暇,黄昏又将临;

朝暮忽然间,斯时难为邻。

一四六

曹雪芹,出生于赵翼之前;《红楼梦》,惊世于魏源之后。《红楼梦》中诗词绵绵,芳香弥漫。其中,宁国府上房内有副对联:"世事洞明皆学问,人情练达皆文章。"脱尽脂粉,力压群芳。

克繁复简,克寡复全;克瞬复恒,克腐复鲜。

对联,为单幅诗歌;诗歌,为长串对联。明代吴承恩对联:"人逢喜事精神爽,闷上心来瞌睡多。"宋代苏轼对联:"春宵一刻值千金,花有清香月有阴。"宋代苏麟对联:"近水楼台先得月,向阳花木易为春。"唐代白居易对联:"在天愿作比翼鸟,在地愿为连理枝。"唐代杜甫对联:"读书破万卷,下笔如有神。"汉代《战国策》对联:"士为知己者死,女为悦己者容。"汉代司马迁对联:"桃李不言,下自成蹊。"战国屈原对联:"路曼曼其修远兮,吾将上下而求索。"春秋《诗经·周南·关雎》

对联:"关关雎鸠,在河之洲;窈窕淑女,君子好逑。"源流远绍,苍茫无际。

红楼一梦,诗词因缘。静丛漫漫,长廊湛湛。
明秀骨里,婉约香肌。日月交辉,昼夜轮回。
幻化缥缈,太虚幽遥。吟之寄寒,抱石怀暖。
宿慧德润,炼字温春。涵咏芳翠,年久持岁。
援笔匡时,济世盈自。晴绿霓虹,题记书弘。

一四七

黄遵宪诗《长沙吊贾谊宅》:"寒林日薄井波平,人去犹闻太息声。楚庙欲呼天再问,湘流空吊水无情。儒生首出通时务,年少群惊压老成。百世为君犹洒泪,奇才何况并时生。"屈原投水,惟有一片感叹之声。贾谊二十四岁任职于长沙,独自渡过湘水凭吊屈原,作《吊屈原赋》。司马迁凭吊两位,作《屈原贾生列传》,见于《史记》。后人悼念屈原,遍及华夏。贾谊才高,英年早逝,年仅三十又三!

恩情无穷大,时光无穷老;

天地无穷宽,青春无穷少。

诗贵质实,词富婉约。质实可直言其志,才高气振;婉约能笼挫万有,学深性柔。夜静灯明,天寒气清;水深鱼乐,林秀鸟欢。

秋瑾年少有志。作诗《秋海棠》："我植恩深雨露同,一丛浅笑一丛浓。平生不借春光力,几度开来斗晚风。"秋瑾填词《满江红》,词中有:"身不得,男儿列;心却比,男儿烈。算平生肝胆,因人常热。"志向一以贯之,同样直抒胸臆,而句式表达参差,各具风彩。

一四八

诗在志气,词在吐纳。

《诗经》独白,《楚辞》行吟。汉魏六朝,正音格律,盛唐诗潮,滚滚而来。宋词流转,排句匡定,骚体楚风,喷涌而来。格律为小,内容惟大;天地为小,心胸惟大。

山深瑞气祥,采药人成仙。

牌调胸中有,填词如采莲。

唐宋以后,诗词大家日渐稀少。既是环境所致,又有个人因素。即使高才面世,居然花样翻新,或戏曲、或小说,或文言、或白话。述志形式奇特,景象蔚为大观。

一四九

诗是生活,生活是诗。

诗是学问,学问是诗。

浅入浅出,浅入深出,深入深出,深入浅出。

浅入浅出,可以理解。浅入深出、深入深出,不难理解:标准自在人心,观赏总有心得。深入浅出,直抵人心。

处处不似古人,处处胜似古人。历代佳作,莫不如此。

一五〇

"五四"以后,新诗呼之欲出。这世间,再添无数美好。

郑伟平
2018年夏

1990年之前

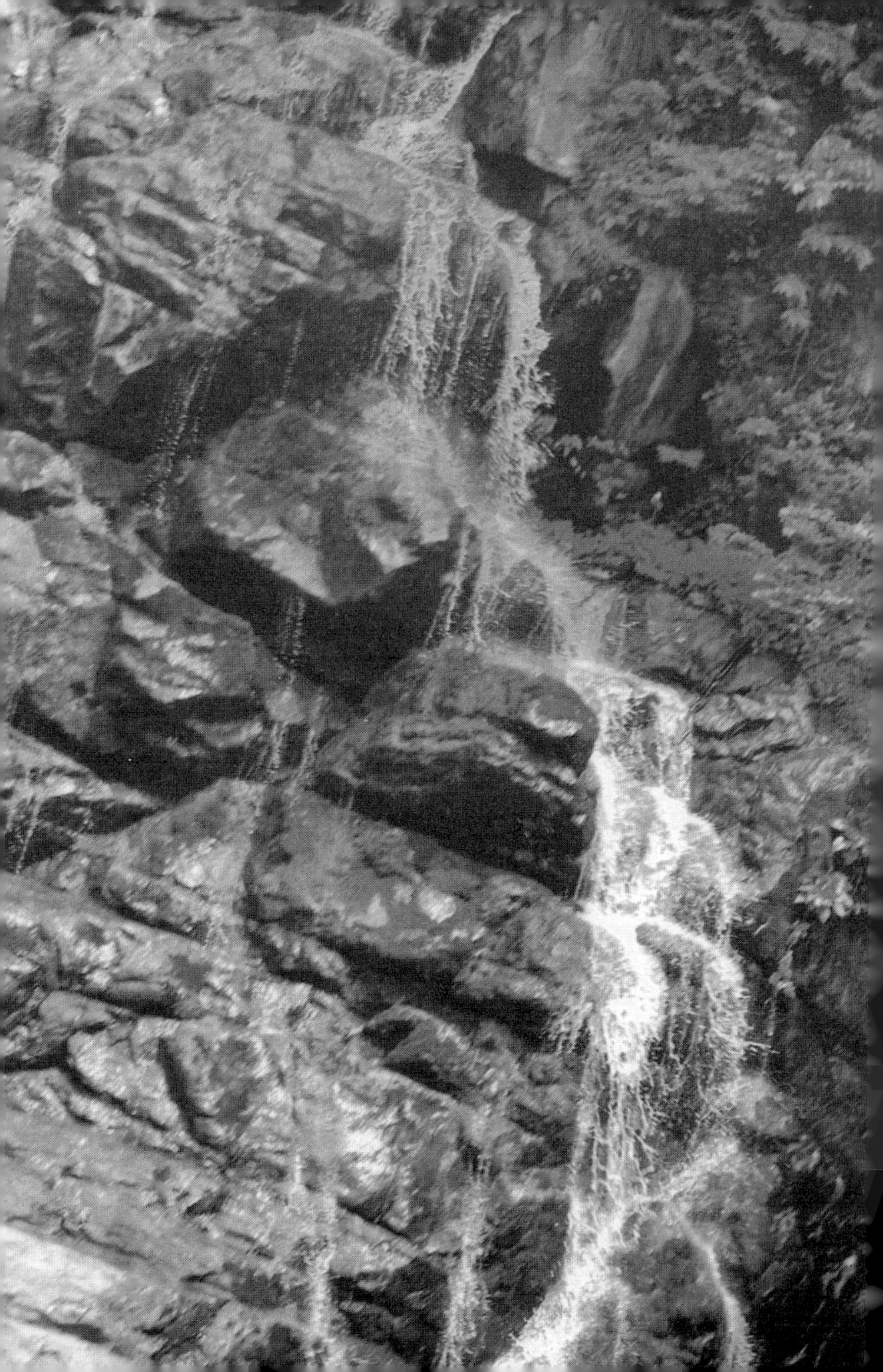

无　题

我想拥抱大海

但大海太美、太宽

要知道

自己只有拥抱树根的天分

那就坚定些吧

深深的根下

也是一片大海

1987年夏

但　愿

意外

从来未曾有过

也不曾奢望过

当微笑轻吻你的时候

要记住

过去的

但愿

1987 年底

致情人

躲闪
终于还是不能躲闪
于是
爱说,你是我的影子
恨说,我是你的灵魂
只有石头
才知道沉默的力量

1988 年春

无　题

血为什么欢快地流去
是因为心中向往的地方
这湖面为什么有一层蝉翼的冰晶
是湖底的岩浆在放纵奔流
草莓在天上巢成一串火球
有人问我冷吗
我又怎么知道

1988 年春节

1991年至
2000年

旅人的话

一

没有历法的时代,文学将是如何。

二

埃尔温·斯特里马特说:"可爱的女伴,随我投身于宁静中去吧。那里安放着一块未雕琢的巨石,让我们一块块敲下来,赋予它们以思想和曲调,并以这种方式为人们造福吧。"

三

现代科学证明:人的第一道皱纹,开始于二十多岁,那是思索的开始。

四

诗比散文凝练,但散文比诗明快。

五

童年的礼物是花

壮年的礼物是水

老年的礼物是血

六

早于《周髀算经》的《五星占》，一九七三年从马王堆公诸于世。

七

言简而意永是语言文学的枢纽。

八

爱水，不分季节。济慈的墓志铭上有一段话："这儿躺着一个人，他的名字是用水来写的。"

九

儿子问我，月亮为什么总跟着他。

一〇

每一个黄昏，都燃烧着生命的火焰。

一一

到过普陀山后,超脱只是须臾。

一二

白马非马,奇思妙想。

一三

江流有声,断岸千尺。——《离骚》无此句章。

一四

走向生活尽头时的列奥那多·达·芬奇难过地写道:"我一生一事无成。"

一五

"意外"和"收获"是孪生兄弟。

一六

东方人说,此时无声胜有声。
西方人说,此时有声胜无声。

一七

司马迁著《史记》,共十八年。

唐玄奘行十七年,述《大唐西域记》。

一八

西施本是蚕桑之女,浣纱石因此得名。

一九

人的本能,在美的领域里变得形形色色。

二〇

把痛苦告诉别人,将失去更多的知音。

二一

每一次听到楼梯的声音,我总以为妻子朝我走来。

二二

曲阜古柏森森,"先师手植桧"一语破的。

二三

当我们看到太阳时,高呼:"女儿万岁!"

二四

等待是一种错觉。

二五

婚前,我希望妻子能像我一样,婚后却相反。

二六

事业的缝隙如同山谷,它也要喝牛奶。

二七

走下高原时,我的心也坦然。

二八

到处是店,却找不到一家茶馆。

二九

爱人,就是不怕被人爱。

三〇

茶篮的挂钩,倒挂在海边的栈桥旁。

三一

孤独不会永恒,永恒在孤独中诞生。

三二

生命是一种体裁,爱情是一把剪刀。

三三

逼人的朴素包涵着美。

三四

劳动弥补一切,农民期待收获。

三五

一个人和他的影子:有的在身前,有的在身后。

三六

色彩使梵·高步入新生。

三七

人可以和大自然对话,大自然漫长的等待与缄默,也正如此。

三八

回忆,是生命的永恒之河。

三九

初恋,只有月亮;爱情,从盐水里浸渍出来。

四〇

橄榄的回味往往在眼中酝酿。

四一

寂寞的时候,请把炉火烧得旺些。

四二

过来的路,都走在人生的叉道上;再下去,也如此。

四三

齐白石所过目的一切,都是画;吴昌硕嘉卉如林,却找不到一只鸟。——他们都是大画家。

四四

生活,是一门累人的艺术。

四五

苦涩的雨,是太阳晶莹的泪珠。

四六

我们都是一棵树,我们都是这棵树上的一片落叶。

四七

在欢乐的时候,寻找寂寞;在寂寞的时候,寻找欢乐。

四八

小河是大海的母亲,星星是它们的眼睛。

四九

幻想拖住青春的脚步,把希望带向未来。

五〇

《耕者婆罗豆婆遮经》,《蛇品》中的奇品。

五一

精神万象,希望于生。

五二

是风吹散的东西,又是风把它凝固起来。

五三

星月生辉,雨是灿烂的琼浆。

五四

在明澈的深潭里,我看到了自己的尊容。

五五

太阳是一盆土,月亮是一朵花,星星播洒芬芳。

五六

李白写诗的秘诀是：崔颢题诗在上头。

五七

路弯弯,通达四方。

五八

在时间的旷隙中,请插上一根洁白的羽毛。

五九

哲人告诉我,波浪无穷而光彩有主。

六〇

时间是创造永恒的诗人。

1992 年深秋时节

无　题

人生飘飞任西东，
大浪滔天定立中。
蓬蒿十丈不见底，
再把青词寄雕虫。

1997 年 6 月 24 日

题任伯年画

蕉花母鸡图

带刺蔷薇一两点，
一棵芭蕉向天挺。
轻风吹过花芬芳，
唯有母鸡仔细听。

把酒持螯图

一篮黄花一壶酒，
两三肥蟹伴酒香。
香气阵阵何处有？
画笔轻摇送秋凉。

1997 年冬

游七星岩

仙人撒网,
不分春秋。
三千年一撒,
五千年一收。

1998 年清明

无 题

我和我的青春告别

没有曾经和曾经

眼对着眼

嘴对着嘴

心是两座巍峨的高山

是早晨的迷雾阻隔了它

在没有风的日子里

1999年1月17日寒夜

无 题

登高望远意无穷，
早年诗书朗声里。
水绿叶青怀抱中，
门前潭静碧见底。

2000 年春

书签组合

一

青山匆匆随云开

绿意疏疏剪不断

二

苦中自有乐

乐在吃苦中

三

有为有不为

无为无不为

四

得得得得得得失

失失失失失失得

五

多梦即是幻

少梦即是实

有梦即是欲

成梦即是真

六

并非好书都要读

粗通一本我不贫

七

绝崖有险

危桥苦渡

八

和深人为伴

与浅者交心

九

还愿苦修行

真果荆棘处

一〇

老子道德经

地藏赠惠米

一一

内蕴有光无浅薄

文章慧妙在精神

一二

寂寞众人心

孤独有我在

一三

心无杂念

百虑归一

一四

家有藏书看一半

室无千金图五百

一五

寂寞未必远方好

浮名总是眼前多

一六

出出入入夫妻好

平平淡淡朋友真

2000 年冬

东坡文踪

苏轼文章四千二,
现存诗歌二千七。
翰墨曾经盈余万,
六十六岁新如漆。

2000 年 12 月 8 日

2001年至
2010年

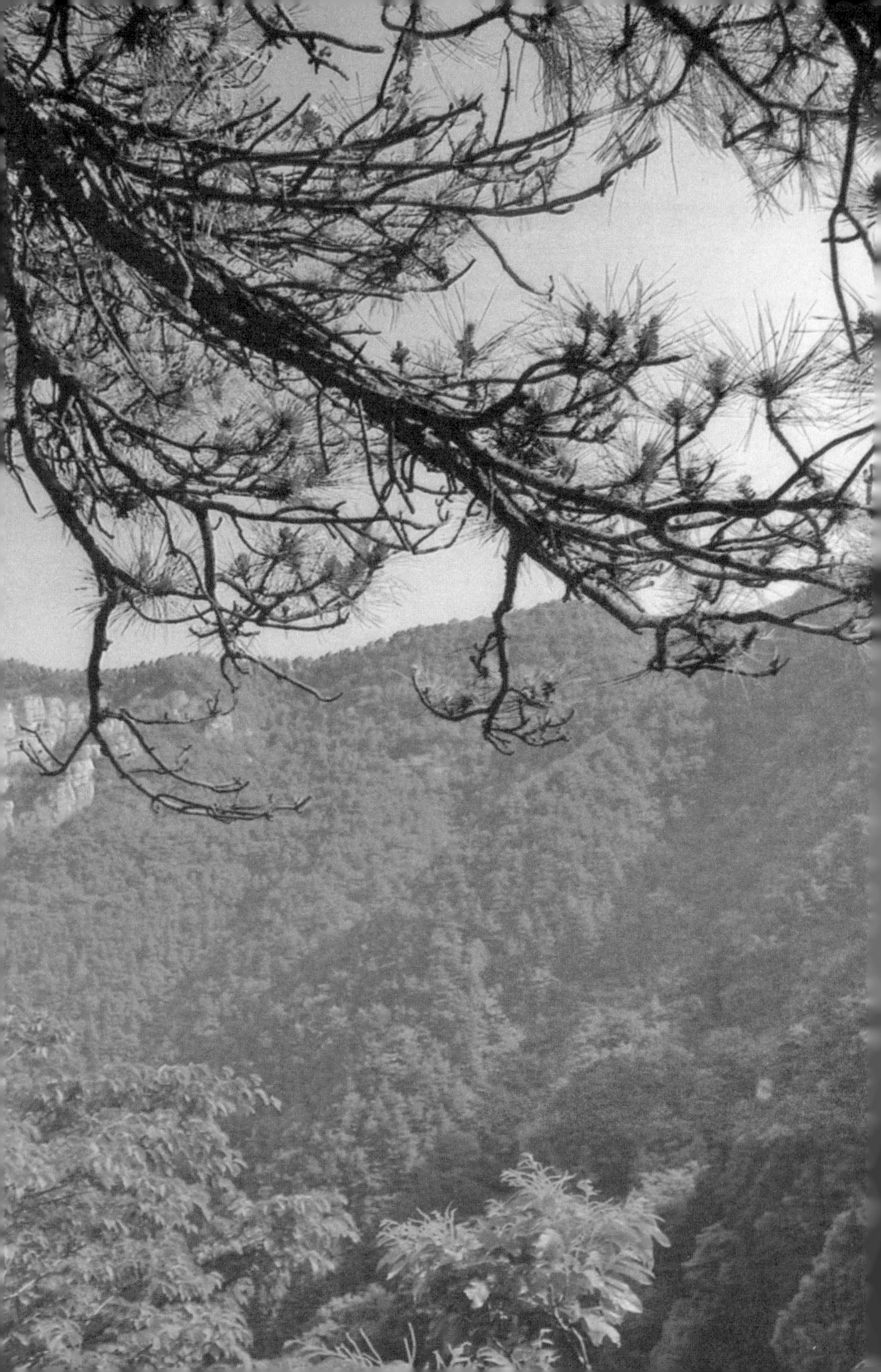

致刘一闻

我想拥抱大海

但大海太美、太宽

要知道

自己只有拥抱树根的天分

那就坚定些吧

深深的根下

也是一片大海

2002年2月25日

无　题

寂寞的日子你慢些走

当生活好起来的时候

最想念的还是你

没有你

我会迷失方向

不辨良莠

看不清自己很富有

2002年2月28日

无　　题

当你只身独行的时候

你应该庆幸

这陌生而寂寞的小路

只有你一个人走

无人居住的地方

茅屋就是广厦

衰草漫漫铺向天堂

2002 年 3 月 1 日

中年感怀

登高还有无数重,
忆及当年马飞踪。
街前小草扶晴绿,
墙后孤灯漏雨红。
苍天黄口相向对,
病妻青丝米饭中。
寂寞人语千帆过,
文章动情言辞工。

2002 年 3 月 12 日

思想的种子

思想的种子

不分贵贱

散入人间

有人在思想

时空埋没不了它

它穿越古今

给人类带来智慧和希望

2002 年仲春

汝 门

遍走千门后，
汝门复一出。
子期和伯牙，
行路不濯足。

2002 年仲春

欢　点

昼夜交错的夏午

徘徊熟悉的场所

里面在开会

循声而入

不见人影

再进去

只有电扇欢舞

2002 年 7 月 29 日

无 题

青山高巍峨,
游子苦登攀。
回首二十年,
一一入画繁。

2002 年 7 月 31 日

无　题

风微醉

河面阵阵波纹起

深水不息

平桥横跨

垂柳依依

蝉声鸣奇

颜色浓淡夏暮里

2003 年夏

书贺《篆隶舫》

　　林仲兴先生出版书法集多种,《篆隶舫》为其中之一。以诗贺之。

　　　　从来书家多痴情,
　　　　秦汉晋唐人毫颖。
　　　　江自源头奔涌急,
　　　　潮汇大海意气平。
　　　　翰墨古风韵味陈,
　　　　篆隶高格裁制新。
　　　　诗词千秋星如雨,
　　　　白云松竹选梅邻。

2003 年秋

无　题

我走在

充满阳光的大道上

朝前走

不回头

眼前是一片光明

身后有长长的疏影

深深浅浅

无穷无尽

2004 年 3 月 12 日

春　雨

游丝飘拂鸟鸣春

岸柳青黄斜暮雨

声轻轻

雨细细

伞下多少人

不知又不知

匆匆又匆匆

2004 年 3 月 21 日

无 题

天下奇花斗艳红,
何必今日太匆匆。
待到他年学成后,
满山春色望无穷。

2005年1月8日

无 题

是什么拨动了你的心弦

轻轻的一片树叶

从参天的树上掉下

掉进无边的心海

心　澄碧无垠

没有一丝杂彩

无尽的泉水将其包裹

晶莹剔透

那是树叶的未来

2005 年 1 月 14 日

小暑夕照

午后日正西,
层云复卷云。
霞光金瀑布,
天地巨手匀。

2005 年 7 月 18 日

无　题

浩浩宇宙，茫茫人间。

人世有常态，亦有非常态。常态具有相对稳定性，非常态具有变动更新性。

有果先而因后，
有因先而果后。
有有果无因，那是前因；
有有因无果，那是后果。
机缘一点，万物相通；
万物相通，汇聚一点。
此点可高，为峰；
此点可低，为谷。
亦有汇聚，不峰不谷，
是非常之流动状态也。
高而果，低而因，
善如流水向下，平缓而静远。

2006年3月初

致友人

问君大梦何时醒,
万载千岁犹为早。
年少不知愚也美,
太能不如无能好。
相逢浅笑云风平,
浪静山轻海天小。
百代春色匆一过,
旧雨新知两心老。

2006 年 3 月 12 日

无 题

人往远处走，

水往低处流。

两岸青山出，

——梦中留。

2008 年 1 月 21 日

腊雪即景

大雪满天飞,
行道深又浅。
人生千万里,
伴侣携手牵。

2008 年 1 月 28 日

如梦令·雪

还忆当年雪骤，
一任车载负重。
小路纵横行，
穿越如风相送。
留梦、留梦，
天地寒烟漫笼。

2008年1月30日

浣溪沙

遥望山中景致奇,
亭台丘壑系云支,
华林漠漠雾气织。

豪门冷落寻常见,
布衣辛苦日日知,
却上心头与君持。

2008 年 2 月 1 日

致老友

真情浓浓处,
愁绪淡淡出。
人生有知己,
行道多坦途。

2009 年 12 月 12 日

赠陆振权

当年逢老友，
同好亲又亲。
席暖话桑麻，
春深两人心。

2009 年 12 月 21 日

夏游枫泾

世界小天地,
波光映古今。
回廊前后曲,
古桥左右引。
水清多垂钓,
树碧空蝉音。
勿使匆匆过,
但愿日日勤。

2010 年 8 月 10 日

2011 年至
2018 年

咏　梅

三九严相逼,
夜清声无响。
万木仰天息,
唯有寒梅香。

2012 年 2 月 1 日

普陀山

七月千步沙,
梵音涛声急。
白云卧群岛,
拂照金光起。

2012 年 7 月 4 日

游普陀山

——下山时观景有感

却在下山时,
曲径郁馥彰。
步履弯弯路,
寂寞绵绵长。
幽幽少人行,
仄仄石阶降。
窄窄难容与,
徐徐差可强。
虬干斜逸舒,
清芬四溢张。
柯深鸣蝉稀,
林静瑞虫庞。
风涛临阵翻,
群叶竖银章。
层层连理枝,
峥嵘逐细浪。
闪亮尖鲜镞,

叠架辅坡廊。
足力疲不胜，
浃汗鼓帆樯。
劳劳漫思渴，
节节欲念庄。
条凳忽左右，
先贤寄道旁。
岩凉沁心脾，
吾亦抚手掌。
涓涓溪流珠，
盈盈小圆荡。
鉴照拂明镜，
润肤去疠瘴。
百草生暗香，
赏爱映青黄。
但观水中鱼，
灵台含八荒。
飘飘池内游，
袅袅岚外翔。
锦鳞俶尔远，

往来梳新妆。
举目详风景，
满眼皆宝藏。
是处浓荫重，
朴树又古樟。
逢遇问浅近，
能否诉衷肠？
崎岖翠冈龙，
蜿蜒起音昂。
苍脊垂低云，
移步着绿装。
前程复迢远，
阔海松声壮。
磐奇如来至，
无语话沧桑。
晴空蓝碧洗，
彩霞浴金光。
吐纳胸怀里，
天地烟气扬。
记叙多美意，

抒情有衡方。

一望难穷尽,

匆匆旅途上。

【读万卷书,行万里路;行万里路,胜万卷书。山水悠悠,同仁偕游;暑假在即,嘤鸣学友。】

2012 年 7 月 18 日

品　　诗

诗到清浅无杂味，
月至中秋分外圆。
人生几多神仙来，
雾海云山涌深泉。

2013 年 8 月 10 日

远望东林寺

老街一寺庄严中，
朱泾东林丰秀隆。
三门通庙入佛理，
正道妙洁步福踪。

2014 年 7 月 12 日

无 题

世上多清凉,
心中少浮尘。
万念归集固,
新树亦芳芬。

2014 年 7 月 18 日

题杜甫诗

老杜诗抄气横秋,
满目苍山霜雨愁。
苦心捻须垂露滴,
语不惊人焉得休!

2014 年立秋

滴水湖

造化无止境,风景古今奇。郊游滴水湖,偕与好学妻。
求知老幼同,书声琅琅起。少年课业重,浮生半日里。

晚夏内子行,
晨曦从容露。
迈步穿梭急,
乘车胜远足。
轨交快如飞,
掣风淌汗溽。
上上又下下,
景色映幻幕。
下下起轰鸣,
訇然震耳鼓。
上上多奇观,
晴空严阵布。
倏尔白云聚,
秀岩万千数。
高高复耸耸,

帷帘垂流苏。
田垄齐平整,
野旷人烟树。
秧青一方碧,
潭翠两岸路。
河道纵横过,
鲜瓦顶楼朱。
光阴寸寸璧,
恋乡幽思乎?
老幼寒暄少,
或问今昔殊?
天地怀抱广,
无论亲同疏。
长久深望中,
三十相知熟。
共话未来时,
将临滴水湖。

2014 年 8 月 12 日

游锦溪

行程至锦溪,
新秋深夏后。
临湖一饭长,
坐观唱渔舟。
船娘系盆笠,
支腰放歌喉。
摇桨细波远,
垂柳古楼头。
碧色染不尽,
朦胧烟雨洲。
鸡犬觅食勤,
引颈桌边走。
农家上菜欢,
举箸话语稠。
小榼充碗盏,
添加任自由。
晨鳞盘中餐,

时蔬滋胃口。
恒爱东西味,
谈笑南北游。
贫贱相因依,
温饱岂无忧。
俭朴清风生,
芳甸白鹭洲。
是夜明月圆,
天意人知否?

2014年秋

文稿纸赞

文稿纸兮,
小方块矣。
行行整整,
排排稳稳。
间距雅致,
亭亭玉直。
内白外青,
彩框妙景。
往昔路上,
锦绣华章。
学者专家,
赐稿言嘉。
陈思随笔,
万物张翕。
质柔无弱,
凡巧有卓。
南北东西,

深浅淡稀。
字如其人,
私淑贤恩。
文山阔桑,
艺海波光。
瑞土良田,
耘稻芳甸。
寸阴是竞,
岁月惜今。
艳阳旋踵,
夜色朦胧。
兹此静然,
端庄蕴涵。
时进少用,
故而歌颂。

　　文稿纸,写汉字,做文章。中国人使用它,何止几十年。可以说,它已经福泽好几代中国人。翻译家用它译介中外文化,作家用它写作,艺术家用它写随笔、记画论、谈构思。普通的男女老幼,或用它誊抄文章,或写信寄送亲友,如此等等。

科技发达,时代进步,电脑打字取代了它,就这样,文稿纸渐渐淡出了。

现在,还能看到在校的学生用文稿纸写文章,间或也有其他人使用它。斯举斯物,类似文物。

2015年6月

写给年轻朋友们

乙未元日送春风，

人生何必太匆匆。

锦鸡欲友天下客，

不为诸葛坐隆中。

东西南北向六合，

前后左右成一统。

闻歌先识木兰诗，

前路迢迢山万重。

2015 年 2 月 20 日

春赏花木

三月蚕豆新,

飞花着树鲜。

晴天艳阳时,

佳偶幽会间。

青春良再思,

光阴无不显。

滋味平日里,

人生福比肩。

2015 年 4 月 4 日

卜算子·淀山湖

几度青浦歇,
从未游商榻。
最是湖边忆明珠,
春色鱼虾迓。

时新洗朝晖,
浪静梳堤坝。
只道鸡鲜肉丰嫩,
乐也憨华发。

2015 年 6 月 14 日

六十感怀

一生志斯艺与文,
已而六十意气浑。
曲曲弯弯路不平,
高高低低道且存。
学长年迈少无欺,
山雄海阔万千尊。
鸿词妙语中夜驰,
薄技惠我旦复春。

2015 年 11 月 17 日

春　柳

迢迢江流水，
寸寸柳色新。
暖暖微风过，
徐徐故人亲。

2016 年春

咏　菊

丛丛漫漫枝枝开,
浅浅深深色色飞。
西风劲吹正婀娜,
妙态秀姿百般美。
万古坚韧清奇瘦,
千年圆通滋润肥。
临将严冬岁寒时,
曾经傲霜斗芳菲。

2016 年 5 月 11 日

游松江观景有感

空气清新碧波涌，
鸟雀欢跃慈恩生。
焕然五色云霞开，
静听山中流水声。

2016 年 5 月中旬

无　题

大江日夜向东流，
晚来入梦一叶舟。
惊觉忽问家何方？
光阴驰速使人愁！

2016 年 6 月 6 日

望江南·致李沪

青春盛，
波浪壮声东。
内秀沉潜深意致，
葡萄架下话音浓，
果硕绿其中。

2016 年 7 月 4 日

赠顾振宇

海内一别固有涯,
春秋四十各冬夏。
虽不相见常相思,
几回梦中到我家。

2016 年 7 月 13 日

缅怀贾植芳先生

二〇〇八年四月,贾植芳先生谢世。作诗一首,以此缅怀和纪念。

鲁迅风姿今犹存,
铁骨铮铮为友朋。
十指坚细节节竹,
身躯瘦劲处处温。
山河千里烟云送,
广厦万间寄寒门。
一生端正写人字,
岁月精勤治学丰。

2016 年 8 月

致钱涛

人生能有几知音，
岁月楼台话语欣。
家邻相望长思忆，
诗书展读遥可亲。
文士一心求友声，
智者他山为芳馨。
做事识君立其诚，
白云滔滔天地新。

2016 年 9 月 24 日

书　贺

二〇一七年五月，林仲兴先生八十岁，且有新著出版。作诗以贺之。

岁月八十毫耋开，
一生志向翰墨朱。
下笔有情人多喜，
世间春风绿老树。
尘海茫茫精神在，
东西南北不畏苦。
行舟奋楫旋而上，
日暖轻云夜自读。

2017 年 2 月 12 日

无　题

奇梦总是夜半来，
闪回重叠忆华年。
新开户牖恰同学，
深锁门扉涌时鲜。
坊间前后问者频，
邻里左右答客迁。
楼台无数颜色故，
几多感怀翁媪仙。

2017 年 8 月 17 日

致姜汉椿

文章有佳音,
笑谈无后先。
逸韵动海上,
高情出人间。

2018年2月16日,农历正月初一

无 题

金鸡迎冬去，
春光万物留。
池塘浮青绿，
柳丝碧波修。
天地人为客，
江山主风流。
志业无穷尽，
日月高恒久。

2018 年 3 月

忆王孙

鸣叫欢声新叶摇,
花絮闹、日红迎早。
世间春色上枝头,
取一缕、云中俏。

苍松千尺争先茂,
贞柏翠、凌霄同好。
清香草木与谁说,
树未老、天高照。

2018 年 4 月

诗　绪

一

人生有希望，
困难随之来。
挥解才过去，
萦回旋踵排。

二

排挞显奇特，
隐于无形山。
此物不曾见，
秋末纤毫拦。

三

拦瀑激溅射，
岭上一枝开。
造化浮大千，
缥缈御四海。

四

海阔天地雄，
逼到峰顶蓝。
瑶池田畴齐，
祥瑞湘子韩。

五

韩城碧浪翻，
蕙带接松楷。
栏低紫椹肥，
童稚老叟采。

六

采薇西周篇，
郑卫欢爱谈。
广众风雅被，
妙语破体看。

七

看尽芦苇姿，
垄原兼葭栽。

张楚诸侯并,
临涛歌辞裁。

八

裁剪圣手出,
高洁精神胆。
初服芰荷橘,
屈赋吟泽畔。

九

畔汀粼粼闪,
端午粽叶摘。
云梦呈绮丽,
斯民怀辉彩。

一〇

彩色思忆牵,
秦盛忽尔暗。
茫茫尘世间,
汉域八荒含。

一一

含盖邦家兴,
挥戈拔营盘。
道儒承统绪,
史著太公赞。

一二

赞说四言好,
五言巧登台。
古意多骏骨,
七言受青睐。

一三

睐盼亦有加,
建安姓三曹。
二儿稍逊父,
百草丰茂早。

一四

早晚垂露珠,
芳野潜归陶。

鲜鲜霜中菊,
晨昏冶情操。

一五
操琴林溪深,
俊贤会奥堂。
谢公余霞后,
李杜业晖光。

一六
光芒耀剑南,
俯仰似着仙。
峭岩朝暮淡,
蜀道横艰险。

一七
险怪夷复平,
子美诗音昂。
纪事自启合,
工部端严装。

一八

装浅近浔阳,
倾听琵琶弹。
曲罢衣衫湿,
闻者司马单。

一九

单识简且繁,
大漠直烟孤。
把酒话桑麻,
共剪西窗烛。

二〇

烛火催黎明,
圆阳渐隆升。
章句短式漫,
小令长调声。

二一

声威震边陲,
仲淹英武骑。

叠嶂留峥嵘，
守戍固郊里。

二二

里巷柳三变，
婉约拭泪眼。
偏觉兰芽嫩，
层楼眺岫妍。

二三

妍稳苏轼笔，
快慢景致奇。
举重若轻羽，
汤汤浩然气。

二四

气动格非女，
堪比黄花瘦。
寻寻又觅觅，
但观佳作稠。

二五

稠浥鲛绡透，

丈夫释悲愁。

放翁瞰赤县，

抗敌梦寐求。

二六

求冀稼轩是，

虑为社稷忧。

远目送旧年，

沉浑慨叹吼。

二七

吼啸正文脉，

小雨润如酥。

永州写游记，

鸣禽响幽谷。

二八

谷底濯浪花，

春水向东流。

往事已成空,
滋味怅梳头。

二九
头雁何故逝,
殉道犹可嘉。
寒波澹澹起,
白鸟悠悠下。

三〇
下览元明清,
遥悬唐宋时。
夜幕皆星斗,
乾坤金银质。

三一
质朴惠华夏,
板桥竹叶亲。
岳飞满江红,
丹心照汗青。

三二

青衿抱书读，

坚实以至竟。

贵字抚珍宝，

克昌存古今。

2018年6月，端午时节

七　月

七月天蓝白云浓,
夜半蝉鸣声壮洪。
时光大好迎河山,
岁月不居向晚虹。

2018 年夏

后　记

一

　　三百六十行,行行出状元。
　　三百六十行,行行有学问。

二

　　在化学家眼中,世界是化学的;在数学家眼中,世界是数学的;在文学家眼中,世界是文学的;在哲学家眼中,世界是哲学的……皆以自我研究为对象,来看待世界的丰富性和多样性,无可厚非。

三

　　唐代诗人秦韬玉,写过一首诗,其中一句是:"为他人作嫁衣裳。"后人以为诗句好,将它喻之为辛勤工作的编辑,并赋予其崇高的品格。长期以来,人们是这样认识编辑的。

四

　　时光渐移,社会发展,人们对编辑有新的理解,认为编辑理应是"杂家"。所谓"杂家",即上至天文地理,下至人间百事;或晓之一二,或大致粗通,或深入精研;总有一两门爱好,触类旁通,雅趣显欢。一个"杂"字,涵盖了方方面面;一个"家"字,升华了林林总总。

五

编辑看稿,披沙拣金;目光如炬,慧眼识卓。比如文学编辑,翻阅一部长篇书稿,一日之内,竟能复述:不仅知其情节,层出新意;而且深谙主题,阐幽发微。此等编辑功夫,非三年五载所能达到。所以,大凡出版单位,在委以编辑之前,先让其担任几年校对,这不仅是熟悉环境,旨在炼就一颗沉潜之心。只有心如止水,方能乐此不疲,精勤于斯,钟其所爱,奉献一生。万丈高楼平地起。基础打得越深,楼层造得越高。板凳深深深几许,文章厚厚厚几多。文章中识大千世界,来稿里看当下社会。阅历渐长,人情练达。再与人接触,话语中不失坦诚,又恰到好处;拿捏中分寸适度,言谈甚欢。如此这般,没有一番寒彻骨,哪有腊梅迎冬香。

六

编辑谈吐,机智聪慧。既明白晓畅,又游刃有余。三言两语,便见功力;看似闲聊,却在道中。且说迎座沏茶,杯杯见情;又如举手投足,语语见真。既不失单位利益、社会效益,又不失作者利益、读者效益。其功夫出处,全在爱岗敬业。长此以往,岁月铸就;经风雨而见世面,历霜雪而显高洁。

七

编辑有编辑的难处,行外之人,难以理解。一组稿件,已经看过多遍,校过两遍;即使三遍、四遍,是否再愿意多看一遍。此时此刻,或夜已深临,或人已疲倦。守土有则,再看一遍的好处,是不言而喻的。如还能校出若干错别字,并根据经验作判断,是否可以清样?编辑的这份良心工作,个人知道,无人知晓,但日光、月光、星光、灯光的陪伴,天地皆知。何况一旦版面印就,样书出来,其心情喜悦,舒展无比。彼时彼刻,这世上有何之物,可以安慰编辑的欢愉之情?有,那是读者平静而安详的神态,击节而赞赏的语言;如明媚轻拂的春风,如骤雨初歇的鲜亮。

编辑有编辑的难处,行内之人,可以理解。倘若在报社当新闻编辑,亟盼记者准时将稿件传来。文字可以粗浅,从速提供内容。编辑可以根据记者提供的稿件,修改文字,斟酌语句,制作标题。报纸清样在即,记者稿件未到,编辑守候一旁。夙兴夜寐,靡有朝矣!家中事再多,身体再疲惫,夜深人再静，都不在话下。惟有守土一方，直至发稿、排版、校对、清样。一心一意，自始至终。编辑的审慎、机敏、睿智，由此可见一斑。

编辑有编辑的难处，行内外人，都能理解。传统的编辑模式，被日新月异的社会发展所取代。仅靠守株待兔式的作者来稿，已满足不了当代读者的审美需求。精心策划、主动出击、寻觅好稿，既有社会效益、又有经济效益，而且始终把社会效益放在首位。满满的正能量，适应时代发展，勾画未来美好，没有编辑的意识上的主动、行为上的互动、情绪上的感动，优质的稿件，不会坐享其成，唾手可得。由此可见，独当一面，是编辑素质的重要方面。

八

当编辑，宜广交朋友。谦恭者志远，礼贤者得丰。看惯了稿件的编辑，眼光独到。最好的散文，与新闻相同；最好的新闻，与散文毗邻。挤掉水分，言之有物。文风明白晓畅，贴近社会生活。做事者，在做事中处理人际关系；写作者，在写作中处理人际关系；绘画者，在绘画中处理人际关系；书法者，在书法中处理人际关系。具有营销意识的编辑，有三成把握便决定选题；具有决策意识的编辑，有六成把握就决定选题；具有学术意识的编辑，有九成把握方决定选题。各有千秋。社会发展飞速,笔墨当随时代。时不我待,只争朝夕。

九

一九七八年,《现代汉语词典》出版。四十年来,该词典已出第七次修订版。可以说,每一次修订《词典》,都是对现代流行且约定俗成的新词语的吸纳,并对旧词语的修正或扬弃。编辑查阅词条、核对文章、审慎斟酌,经年累月。不断吸收鲜活的语言,不断纯洁规范的文字。编辑这个行业,真可谓学者中的学者,教师中的教师。慎独者可为,乐人者可成。编册成巨,功德无量。当过新闻类的编辑,选词明白晓畅;当过古文类的编辑,用语典雅隽永。习惯成为自然。文科类的编辑,字词句段、语修逻文,尽在其中。理科类的编辑,数字公式、符号推理,妙在其中。哲学,囊括了自然科学和社会科学的智慧。文字,是一个民族的文化之根;语言,是一个民族的传承之核。学术,都带有时代的印记;研究,都带有思维的灵性。大凡编辑,均无不知晓。

一○

人生在世,总有一段时间,不知如何渡过。寂寞而难耐,惆怅又孤独。其实,这就是苍天福佑的神灵之光,沉浸其中,幸福了无踪迹,不期而至,并且与之相伴,不离左右,难舍难分。一个人从事某件事情,所获得的心灵的愉悦,与这段时间的长短有关,也与体验这段时间的快慢有关。编辑也好,作者也罢,都不例外。

一一

诗歌,在多数情况下,是人类灵感刹那之间的产物。有久孕腹中而感之者,但它与冥思苦索大相径庭。一束束灵感的光芒,如丝如缕、如颗如粒,不期而至、突如其来。犹如一枚枚成型各异的鹅卵石,面相光洁,却毫无雕琢之感;犹如一块块嶙岣别致的秀峰岩,清奇漏透,却毫无斧凿之迹;犹如一朵朵缀贴蓝天的棉花云,飘浮游移,却毫无触摸之痕。一首诗歌的光临,可以在忽然之间,但可遇而不可求。诗歌之仙鲜悦目,于斯为盛。

一二

写诗,不知从何而起,点点滴滴,都在心头;读诗,不知从何而起,字字句句,记在心中。由读诗而写诗,自是欢喜。这是其一。

不知不觉中,诗句忽然浮出来,于是迅速记下;无论朝暮,不分晴雨。写就了诗歌,一首又一首。这是其二。

一三

悠悠三十来年,诗歌六十余首。一本薄薄的诗集,将以何种方式面世?正在联系出版事宜,突然听到熟悉而稳重的话语,开始在二〇一八年的迎春之际。年味浓浓,梅香阵阵。

世间的因缘际会,都在一个"巧"字。此时、此地、此情,斯人、斯物、斯景,无不如此。

二〇一八年夏,诗集如期交至上海远东出版社。编辑专家了解我,请我撰文,笔谈从文或从艺的经历,尽管写,字数不限。好意深厚,盛情难却。但怎么写、写什么,久思萦怀,举目遥望。

写一写我对中国历代诗词的理解,把做学问与诗歌创作结合起来写。目标既定后,人仿佛走进一条隧道,无形、无色、无声、无味,不着边际,却又规范所有。它驱使我朝前走,不回头。花了三十天,写就初稿;又花十三天,增补完成定稿。"诗言词语",终于脱稿了。

一四

感谢上海远东出版社,使我的诗集,有了一个与社会交流的舞台;感谢本书策划黄政一,积极主动、锐意进取,见解独到、提议精当;感谢责任编辑徐婧华,善于沟通、热情周到,精编细校、提高质量;感谢美术编辑张晶灵,能设计出精美装帧的作品,款式宜人。出色的编辑,他们的共性是,心里装着作者。

一五

古人说,日日新又日新。当新的一天来临时,生活又注入了鲜美的内容。

郑伟平

2018 年晚夏